集 散 地
JISAN DI
时代出版传媒股份有限公司
安徽文艺出版社

新生代

作家小说精选大系

新生代作家小说 精选大系
集散地
项 静 ◎ 著
JISAN DI

时代出版传媒股份有限公司
安徽文艺出版社

图书在版编目（CIP）数据

集散地/项静著.—合肥：安徽文艺出版社,2018.1
（新生代作家小说精选大系）
ISBN 978-7-5396-6177-3

Ⅰ.①集… Ⅱ.①项… Ⅲ.①中篇小说－小说集－中国－当代②短篇小说－小说集－中国－当代 Ⅳ.①I247.7

中国版本图书馆 CIP 数据核字(2017)第 194949 号

出 版 人：朱寒冬	丛书策划：朱寒冬　张　堃
责任编辑：姜婧婧　刘　畅	装帧设计：许含章　徐　睿

出版发行：时代出版传媒股份有限公司　www.press-mart.com
　　　　　安徽文艺出版社　　　　　www.awpub.com
地　　址：合肥市翡翠路 1118 号　邮政编码：230071
营 销 部：(0551)63533889
印　　制：安徽联众印刷有限公司　(0551)65661327

开本：880×1230　1/32　印张：6　字数：120 千字
版次：2018 年 1 月第 1 版　2018 年 1 月第 1 次印刷
定价：28.00 元

（如发现印装质量问题，影响阅读，请与出版社联系调换）
版权所有，侵权必究

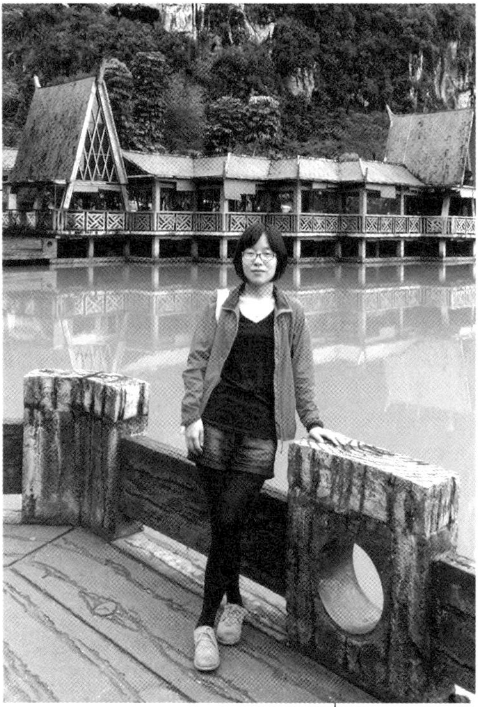

项静，女，1981年生，副研究员，山东泰安人，就职于《思南文学选刊》，著有《肚腹中的旅行者》《我们这个时代的表情》。

目录

欢乐颂　001

集散地　021

明亮的星　030

平行线　044

桑园会　062

上高山，跐高台　080

世上桃园　099

■ 002

挑绷头 ■ 114

下落不明 ■ 129

仙人掌 ■ 146

在烈士陵园下车 ■ 163

■ 欢乐颂

　　这是今年第五次参加婚礼。庄雅丽从超市里买的一打红包还剩下一半，老罗戴着老花镜，大白天特地开了台灯，颤颤巍巍地用欧体写上：恭贺新禧、白头偕老、早生贵子。落款是罗育才、庄雅丽夫妇。庄雅丽从手提包里抽出折好的五百块钱，一遍又一遍抻直，等在老罗旁边。老罗打量了一分钟，摇了摇头，问庄雅丽，这样写是不是不妥？顺序反掉了。就那几句话，写了这么些年了，怎么会出错？真老了呀。庄雅丽扫兴地拿起来看了看，婚礼上，没人会仔细看红包上的字，就这样吧。

　　两个人关了灯，换了鞋子，下楼。到了在楼底下，老罗还是叹了口气，那样写传出去，叫人笑话，我还是个大学生呢。庄雅丽刚说出"你一个工农兵大学生"的话头，老罗的脸色就有点变了，甩开她一个身子的距离，抬高了嗓门说，我不比正规的大学生差。庄雅丽小碎步赶上去，拽拽他的西装袖子说，罗大人，我又说错话了，今天是去参加婚礼呢。庄雅丽还把"婚礼"两个字加了重音，老罗还是一路绷着脸，加快步伐跟她拉开一两步的距离。俩人像两只长脖子鹅一样，一路摇晃着肚子小跑，直到到达白天鹅酒店，进旋转门的时候，大步

■ 集散地

流星的老罗停下来,庄雅丽用脚后跟都能猜出老罗和解的意图,两个人牵着手一起进去。

婚礼是老罗同事老周为儿子小周举办的,参加婚礼的有一半都是住在3号楼的老同事,婚礼也算是他们这些老人的聚会。以前住配件厂宿舍的时候,小周还穿开裆裤呢,比老罗儿子罗良还小5岁,每天都像跟屁虫一样黏着罗良,在他跟前晃来晃去的,三不五时地就屎尿迸发在老罗家门口。罗良从小就有点洁癖,动不动就回来说,那个小周真臭,又随地拉屎了。庄雅丽禁不住就哈哈大笑,罗良真是五十步笑百步。后来搬到厂里筹建的3号楼,两家是楼上楼下,两个男孩子最爱玩在一起,打打闹闹地长大了。如今,小周都结婚了,那个皱着眉头说他臭的罗良却还荒着号,这是老罗两口子的一个心事。

小周学习一般,没少让家长丢脸,老周和老婆沈红多少年都因为这事被3号楼的下岗的女人们夹枪带棒地酸:上一辈子太聪明也不是好事,脑子都被用光了,下一辈就不灵光了吧。但小周的性格算是这一拨里比较乖巧的,不打架、不惹是生非,尤其是在婚姻问题上没让他爹娘操心使劲,老周和沈红在3号楼里惹来不少艳羡的目光。3号楼住得差不多都是原来配件厂的员工,后来有卖房置换新房的,有做生意发达离开的,也有赌博亏空卖房还债的,剩下来的都是稳定居住的,差不多从20岁开始就抬头不见低头见的,算起来这缘分比亲爹娘还足呢,这样论起来,谁家的孩子不是互相看着长大的呢。住在这里一辈子的,身价撑死了就是个丰衣足食,除非孩子出息,不然谁肯嫁到退休工资几百块的老工人家庭。

老罗和老周都做过配件厂的副厂长,正厂长老李时不时地当着两个人面说,以后配件厂要靠你们两个了。一开始老罗是很紧张的,好像要迎接重任一样,他偷瞥一眼老周,也是一副肌肉拉紧的样子,后来听得多了耳朵就起了茧。几年过去了两个人谁都没接班,老周还是副厂长,老罗出了点岔子,庄雅丽又怀孕了,死活不肯服从计划生育的指导精神,头发长见识少,她要孩子,老罗就得退出接班队伍。庄雅丽生了女儿罗好,儿女双全,老罗下调到后勤部门,采购食品、节庆拜访、分发福利都是他的事,多多少少还是个肥差,大院里人并不因他降职而冷淡了他,反而更热络殷勤了,都是有奶就是娘的主儿。老周对老罗的热络,另一方面源于多年的革命感情,另一方面源于共同的爱好。老周三不五时地上门探讨书法,每次都说学习,其实不过是来聊聊天,看他练字。后勤毕竟是闲职,忙起来一阵风,闲下来有时候就是一段路,闲来无事,老罗就写写毛笔字。他的书法外行人都觉得不错,不过他自己心里还是不满足,于是买了几本字帖,颜真卿、柳公权、欧阳询的字帖都买到了,写来写去,还是觉得自己适合欧阳询,老罗是那种从一而终的性格,认定了欧阳询就是一辈子的事。老周看多了似乎也有了些见识,他说不如柳公权有骨头,老罗不争论,只说自己适合,柳公权当然也好,自己学不来。老周知道,他这是不愿意和自己争论,于是以后就只看不说,得着空闲,也跟着老罗拜访周遭会写字的朋友,不知不觉就成了一对铁朋友,秤砣不离秤杆。

  1999年年底,全世界都鼓捣着庆祝踏入新世纪,配件厂倒闭了,老罗53岁,不上不下,内退,庄雅丽和他风雨同舟,这事也没落下。火烧眉毛的是,罗良上大学,高校第一年扩招,读了个一本,真正的大学生。不过自费这事让两个年过半百、内退在家的夫妻饶是头疼,何况家里还有一个读初中的女儿。第

■ 集散地

一年还能吃老本,后面三年就是年年亏空,庄雅丽性格开朗,拉得下脸面尝试了各种生意,卖过化妆品、理过发、卖过早点,在老罗的记忆里,那是不人不鬼的几年,庄雅丽忙得连头发都懒得梳,看到原来广场上一起跳舞的朋友都躲着走,老罗的宣纸、笔砚放哪都忘记了。不屈不挠的庄雅丽最后开了一个小超市,立住了脚,需和求总是拧着劲儿走,这个时候的罗良早已毕业留在上海做了外科医生,家里也不那么缺钱了。老罗这些年一直端着架子,毕竟做过后勤主任,去看厂房他不情愿,扛麻袋他没力气,支个小摊他张不开嘴吆喝,工厂招保安却嫌他老。最后他泄了气,跟在庄雅丽屁股后边打打杂、整整货架,老罗仿佛人矮了半头,见了老周就绕着走,两家的关系淡了许多。老周运气不错,工厂改制后还是副厂长,老婆沈红是医生,一切还在原来的轨道上,老罗好像被甩出去一大段,如果没有小周的婚事,两家几乎都快结冰了,不是有什么隔阂,而是日子越过越远,碰不到一起了。

小周结婚的请帖是老周夫妇亲自送上门的。那天晚上,老罗夫妇正在看电视剧,为了省电,电灯都没开,两个人安静地盯着荧光屏。电视上,一男一女在街上吵架,女的边吵边哭,男的有一搭无一搭地安慰她,试图平息她的怒火和怨气。听到几声咚咚咚咚,有人敲门,老罗看了眼庄雅丽说:"是我们家吗?这么晚了,谁会来?"庄雅丽也不确定,欠身起来,按住遥控器上的音量键,又听到了几声咚咚咚,"是咱家。"老罗这才起来开门,看到老周夫妇,窘住了,老罗下意识地往后缩了缩,拉了一下皱褶的大背心,随手开了灯。

"老周,有事?"

"小周要结婚了,给您二位上喜帖。"沈红递上红色喜帖,还有一盒糖果。

庄雅丽赶紧让二位进门:"都是老邻居了,这么客气,过来说一声不就得了,还亲自送喜帖过来,这时候你俩得多忙啊。"老周两口子坐下来,一边喝茶一边聊,毕竟好多年不怎么热络了,东一榔头西一棒子,一会问罗良的工作情况,一会问罗好的恋爱问题,还问老罗老家亲戚情况。前半场老罗夫妇像两个疲于应对的小学生,有一说一,后半场庄雅丽反过来问老周夫妇,小周的大学、工作、恋爱等问题,这反倒让老周夫妇敞开了话匣子,聊起小周来,仿佛憋了一肚子话。这时候,有点困倦的老罗到阳台上抽了一根烟,他觉得老周夫妇来送喜帖是假,找个人抱怨小周的事是真,整个破旧的 3 号楼上,他们差不多找不到能闲扯的人家了。

跟小周结婚的姑娘是省城的,虽然之前小周也哩哩啰啰谈了几次恋爱,不过这个是一开始就定下了结婚调子的。女孩坚持住在娘家,小周没意见,老周和沈红却很难过心理上的这一关,怎么养了个孩子住人家去了?

老罗和庄雅丽就开导他们,这不是省了房子钱嘛,得了便宜卖乖,人家住省城,孩子住她家不是方便吗? 不用自己做饭做家务。

沈红说,以后我们去一趟,住亲家家里总归不方便。

那就叫他们回来看你们呗。

小周住她家会不会受气?

多虑了吧,就一个女婿疼还疼不过来呢。

电视剧里都说没有犟得过孩子的父母,沈红和老周终归还是认同了孩子的做法,不过婚礼的举办权是无论如何不能让渡的,说到这里,老周夫妇露出

◼ 集散地

开心的神色。老周说:"说起来婚礼也不是件小事,我还忙于工作,婚礼的事能否麻烦二位帮忙出谋划策?"

老罗送走老周夫妇,回到卧室的时候,庄雅丽悠悠地说了一句:"无事不登三宝殿啊。"

"以为我们是闲人?"

"哎,还说出谋划策?不就是缺个打杂的吗?说的比唱的还好听。"

"嗨,别说那么多了,老周家也没什么亲戚,找咱们是把咱们当朋友。能帮就帮,权当演练,以后咱们不也得用得着他们,咱们孩子结婚在后边呢。"

喜欢参加婚礼,是老罗40岁以后的一个爱好,说起来让人都不理解。每次参加婚礼,老罗都很兴奋。这些年罗育才和庄雅丽总共参加了孩子辈的三十五场婚礼,同辈二婚的六场,夕阳红的婚礼两场,每一场,老罗都做了记录。做记录的心理一开始是奔着好玩去的,老罗那个年纪的人结婚都简单,没什么仪式,后来他就觉得记录是为了实用,各种婚礼不都得有个程序吗?以后孩子结婚用得着。不过老罗记着记着就偏了方向,不是朝着实用去的,反而有了一些社会学价值。他不仅仅是记录时间、地点、参加人数,而且是事无巨细,他所能了解的、应该了解的都记下来了。前几年,还有记者听说这事来看过他的记事本,说这是反映时代的民间语文,复印了一本拿走了,后来还付了稿费给他,稿费菲薄,不过却鼓励了他记录的热情。他所记录的有乡土风的婚礼——庄雅丽的侄子的婚礼:半夜从新娘家摸黑接过来,用一顶花轿,新郎新娘都是大红绸缎的龙凤装,几时点灯、几时放炮、几时鼓乐齐鸣,吃的小点心、闹洞房的方式,他都记录下来。有简约婚礼——亲戚朋友一起在饭馆吃个饭。新人穿得跟平常一样,接了红包。父母辈聊着聊着就哭起来了,怎么这么寒酸啊?新人很不解,不是你们同意了吗?父母也自我解嘲,新时代了,随他们怎么喜欢吧。不过要是热闹点,多好呀。新人边吃边尴尬,要不重新来一遍?老罗回家整理的时候一边记录一边笑。

这些记录老周和沈红当然知道,还借回去研究,好像这婚礼就是一个科研项目。

沈红是婚礼的总掌柜,从婚礼的风格、举办的地点、酒店、人数、主持人、菜色、酒水、糖果、邀请函的样式、伴手礼的选择,到礼服定制、租借,她足足忙碌了半年。半年里,庄雅丽抱怨归抱怨,却完全贯彻了老罗的思想,几乎是舍了自己家生意为她出谋划策。罗育才有时候觉得庄雅丽太过投入,庄雅丽却不这么认为,她觉得自己不过是在全程参与地预演一次婚礼操办流程,就像以前上学一样,预习跟不预习完全是两种格局,家里有一双儿女,预习一下只会有好处,不会有坏处。庄雅丽不仅自己参与,每天回到家都会把一些细节絮絮叨叨讲给老罗听,老罗一开始不怎么感兴趣,觉得人家的婚礼,我们在家讨论买什么糖果、送什么伴手礼纯粹是咸吃萝卜淡操心。可听得次数多了,难免插言几句,一插话就要对话,还要辩论,谁都觉得自己掌握了真理,谁都认为自己更有发言权,战线一拉长,辩论就换成上阵,不参加都不行。

以前工厂天天吆喝劳动最光荣,老罗没一次相信过,不过这一次他有点动摇,为小周婚礼的奔忙让老罗活脱脱变了一个人,尤其是亲手操刀了老周作为一个父亲的婚礼致辞。婚礼致辞这种事按说难不倒老周,即使他写不出,不还

■ 集散地

有秘书嘛。但是老周不那么想,他认为作为朋友,没有人比老罗更了解自己和自己一家,只有这样才能写出有感情的致辞。老罗几乎是两天两夜没有休息,酝酿情绪,在网上查阅了无数个被转载的感动人的婚礼致辞的视频和讲稿,终于完成了一篇接近五千字的文章。老罗先打印了一份让庄雅丽过目,庄雅丽泪点低,看着看着就哭了,她说,要是罗良、罗好听了也会感动吧。老罗倒是没这么想过,他还真拿不准罗良的反应。

从无到有制造一个大场面就像生了一个崭新的孩子,沈红说这话的时候,是婚礼的前一天,尘埃落定,她靠在沙发上,气定神闲。老周说,老罗你不自己办一场,无法体会。老罗说,巧妇难为无米之炊,得看罗良、罗好脸色啊,不能逼孩子,让他们自由发展吧。沈红疲沓的眼睛睁得大了一圈,老罗,咱都是身子一半进了黄土了,他们等得起,咱等不起。多少人的教育理念一开始都是西方那一套,到最后不还是咱土方管用吗?你就让他马上结婚。老罗笑着打哈哈,还不知道身边有没有姑娘呢。庄雅丽不示弱地说,别的不敢说,姑娘肯定有。沈红就说,趁热打铁,定了也就定了,让他自由起来哪还有够啊。

小周的婚礼真是别出心裁,草坪婚礼老罗是第一次参加,每一个程序他都照旧做了详细的记录:婚礼的规模、大小、结婚蛋糕的尺寸、伴手礼等。婚礼进行的时候他还去询问了司仪,要了人家的电话。这一次不同的是,人家司仪还留了老罗的电话,并且当场打了一下老罗的手机,说我叫易彬,叔叔,您是不是家里孩子也快结婚了啊?老罗点了点头。您存到手机上备用。老罗说,这个孩子不错,有生意头脑。庄雅丽只是对着易彬浅笑,并不接老罗的话。等老罗回到桌子上吃饭,庄雅丽就开始嘀咕,怎么能随便把电话给陌生人?老罗说易彬早晚用得上，难道罗良、罗好不结婚？那也不一定在这里结婚啊。庄雅丽担忧地说。老罗不理她，就是在别处办了，也得回家再补办一场。

老罗心里惦记的是上台讲话，稿子可是他写的，虽然写的是老周家的事，那情绪可都是货真价实老罗跟自己儿子的。老周是踩着《欢乐颂》的音乐上台的，他念了老罗写的《给即将迈入婚姻殿堂的儿子的一封信》。

信的内容其实就是一般的父子对话，观众看起来并没有老罗想象中的那么感动，大家还是照吃照喝，小孩子满地飞奔。不过老周不愧是做领导的，他抬高了声音，压过了嘈杂。"……儿子，谢谢你给我这个机会。你爸爸我做过各种各样的演讲，作为领导、作为优秀青年学生、作为先进代表，可是这是我最重视的一次讲话。自从你来到这个世界上，我的世界发生了改变，无论我遇到什么不愉快的事情，只要看到你的笑脸，我都能松弛精神……可是，儿子你也带给我无数的苦恼，我们越来越不了解彼此，你长大了，离我们越来越远。"讲到这里，老周还适时地哽咽了一下，"儿子，我希望你忘记爸妈的唠叨，轻松上路，一路去捡拾你们自己的珍贝。儿子，请你爱你身边的女孩，就像爸爸爱你妈妈一样，相伴终生。我们什么都不能给你，给你的只有今天的祝福。"

老周一早就看过要念的这份稿子，但他没想到在台上念的感觉完全不同。灯都关了，只留下他一个人在一个光晕里。老周的光脑壳在灯光的映衬下，更加光亮，也许是细细密密的汗珠。他念着念着可能过于伤感了，小周上去抱住他，大堂里响起雷鸣般的掌声。老罗多么希望台上的那个人是自己，他也禁不住掉了几滴眼泪，失态了。庄雅丽说你太夸张了，那是人家老周的儿子。老罗说，自己太投入了，毕竟从小看小周长大的，跟自己儿子没差。

■ 集散地

　　回到家,老罗把稿子重新看了一遍,改了几个错别字,把小周的名字一个一个都划掉,改成自己儿子的名字。他把房门关上,对着电脑小声念了一遍,语速放慢,跟老周那个语调差不多,耗时二十分钟。他这一辈子好像都没有像老周一样当着这么多人讲过话,他担心罗良或者罗好结婚时,自己表现未必有老周那么从容。

　　不过,婚礼真美好,他临睡前给庄雅丽赞叹。

　　两个人的生活,做加法才能有质感,这是老罗的人生格言。几十年下来,老罗的欧体在附近的书法圈也算是声名显赫了。这个显赫的意思,不过是参加了几次市书法协会的比赛,拿过好几个搪瓷缸子,后来是镀金的奖杯,近几年能拿到一些奖金,也在各个文化馆里展览过,比如新中国成立60周年书法比赛什么的,偶尔也被邀请到中小学书法班做做指导。书法就是老罗生活中的高级调料,让他的生活越来越有味道,跟吃喝拉撒睡不一样,带着金边的光亮。自从参加完小周的婚礼,老罗好像重新临摹了一种字体,从头到尾的手感都变了,别扭而新鲜,跟只记录一下不一样,投入的感情成分不同。

　　庄雅丽的加法跟老罗不一样,没生孩子的时候,跳舞是第一位的,她的舞姿以老罗的眼光看,似乎还有点不好看,跳什么都像国标,肌肉绷紧、不自然,可是她不管,她一门心思学习跳舞,跟着录像带学,跟着舞蹈协会的人学,50岁以后还能每天坚持跳两个小时,害得老罗整天担心她得关节炎。后来生了孩子后,她就一门心思扑在儿子女儿身上,跳舞成了业余爱好。她主动从实验室调到后勤,为的就是挪到老罗手下,时间可以自由安排,早点回家接送孩子。她早上比老罗起得早,陪着孩子走路上学,在路上跟孩子交流思想、交流学习;

等钟表指针到达下午4点半,她立刻倒好热水,绝不用冰箱冰水,而是自然冷却到温水,等到孩子回家可以立刻入口。儿子吃的虾每一个都是她剥好的,女儿吃的苹果都是用凉水泡五分钟,拿细盐摩擦过才能入口,甚至到了初中她还拉着儿子帮他洗手,女儿的内衣内裤一律都是她手洗。老罗了解老婆的性格,就是干预也没有用,何不趁着这个时机,享受不被注视的自由。改天,庄雅丽万一火力对准了自己,可能想喘口气都难。

庄雅丽和老罗结婚的时候,除了按照家乡风俗举办个婚礼,大部分都是双方简单请下客,但是沈红鹤立鸡群,和老周是去上海旅行了一趟,不仅如此,还留下了两张铁证——西洋风情的婚纱照,其实就是一个有背景的婚纱照。照片上的沈红比现实中还要高雅、大方、贵气,透着一股不可沾染的风情。庄雅丽肯定羡慕过沈红的婚纱照,第一次看到的时候她盯着看了好久,拉不动腿似的不肯走。女人的忧伤有时候像竹筒的豆子似的直不笼统倒出来,有时候又藏得很深,连自己也不知道机关在哪里,只有不小心碰到了按钮,它才会爆发出来。老罗爱书法,庄雅丽要跳舞,相安无事,也不是那种追求生活情致的人,所以也就没什么矛盾。有时候两个人夜深人静睡不着躺在床上聊聊天,老罗说这日子过得跟白开水似的。庄雅丽就说是啊,不咸不淡,没滋味。人不能静下来,天天跟发动机似的就不会想东想西。同床异梦除了别有心思,估计就是罗氏夫妇一样,老罗话里话外的意思是说罗良也不小了,怎么还不带个姑娘回来,添点喜气?罗好要是能跟哥哥一样读个好大学就好了。庄雅丽就在忧伤自己的人生,年轻时连个像样的婚礼都没办,稀里糊涂就嫁给老罗,一辈子平淡无奇,转眼就老了。她这个时候会抚摸下自己的脖子,好像能感觉到千沟万

■ 集散地

垫一样,搓一把脸,似乎也没有一点弹性了。庄雅丽不羡慕老周的官运亨通,也不羡慕沈红的贵气,她唯独羡慕老周夫妻的婚纱照,老罗第一次发觉她的羡慕时说,不然咱俩补拍一下。庄雅丽指指老罗的肚子又摸摸自己的脸,捋一把自己的头发、撑撑发梢,叹口气说算了。

老罗听到这里肯定是转身就睡着了。庄雅丽肯定睡不着,她觉得老罗要是个有情趣的男人,怎么着也得把老婆抚平了才能睡,他二话不说,不就是认同了她的老态吗?再说,你要是夸赞老婆两句,或者意愿再强烈点,没准两人就真去补拍照片了。好几次话到这里停下,她都是辗转难眠,看着熟睡的老罗,越想越气,索性起来看夜间剧场。

这也算是家庭生活的老篇章了,有时候走岔了道,庄雅丽包抄到从前去,跟老罗抱怨两人以前的婚事粗糙简单,就是两个人到供销社买了床被子、暖水瓶、脸盆就结婚了。老罗就觉得庄雅丽重提这事挺可笑的,世上没有卖后悔药的,你早干吗去了?庄雅丽就扑簌扑簌掉眼泪,这更让老罗摸不着头脑,并且恼火,怎么还哭了?庄雅丽就恨恨地说,儿子女儿结婚,每一个都得办得像模像样的,绝不凑合。这句话总算走到老罗的轨道上,两个人就暂时放下个人恩怨,讨论一下儿子女儿的未来,尤其是婚事。

儿子读初中高中的时候,老罗千叮咛万嘱咐,千万别早恋,耽误了考大学不划算,罗良也不知道是根本没这心思,还是对老周的担心不屑一顾,冷笑了几声。为了这几声冷笑,两个人还担心了一阵子,不过罗良那边始终没有异常表现,并且出人意料地考上了一所211高校,整个小区也就这么一个,还是去大城市,真是一件要撒欢放鞭炮的事。读了大学,老罗一个劲地撺掇罗良谈个女朋友,罗良置之不理,明显是不愿意交流这个话题,回绝就是一声拉长腔的"爸——"老罗就觉得自己似乎有点小家子气,说不定孩子志向高,暂时不想理会男女之事呢。可是他会不会不正常?庄雅丽对这个怀疑特别不满,他比谁都正常,这是一个妈妈悍然的护犊之心。儿子在大四暑假带回来过一个女朋友。接到这个消息两个人好像有一肚子的能量没处发泄,于是两个人大扫除,角角落落都清理到,这也是两个人最快活的一段日子,鼓往一处打,锤往一处敲。姑娘来到家的那个下午,到现在想起来老罗还是有点提不起精神,她个子不如庄雅丽高,连皮肤都不好,肤色像个烟民。"可是儿子喜欢",他把这句话作为每一次抱怨的结束语。于是他和庄雅丽在无数次关上卧室门的密谈后,准备打开天窗说亮话了。他推了一下庄雅丽,庄雅丽清了清喉咙说:"我和你爸同意你俩结婚。"

罗良和那女孩都有点不知所措,谁说我们要结婚了啊?女孩子耸了耸肩膀表示认同儿子的话。那个女孩就再也没来过。再后来,过年的时候儿子带回来一个,隔年又带回来另一个,老罗的惊恐程度不亚于发现了好友的婚外恋,不说心里闹哄,说了怕里外不是人,他毕竟自己认为是文化人,不能发飙骂人,他也知道那解决不了问题,他怕孩子叛逆。庄雅丽倒是无所谓,她只怕小区里人多口杂,不过沈红倒是开解她,罗良又不会找本小区的姑娘。

说这话的时候,庄雅丽已经参与了小周的婚礼,沈红大事已了,好像也是无事生躁,老爱掺和到老罗家的生活中来,不请自来地出谋划策。老罗夫妇的情绪起起伏伏,有了女朋友盼结婚,吹了就追问怎么不合适。罗良每次的官方说法都是没缘分,不做多余的解释。每次都是哑炮,老罗夫妇先是担心是不是

■ 集散地

■ 014

没房子人家不结婚,于是掏空积蓄,还发动了所有关系,凑够了首付给儿子,结果儿子给了声"谢谢",另加几张房子的照片,女主人依旧空缺中。老罗夫妇慢慢就放弃了,沈红也不那么热心了,他们都像出了一口大气,年轻人的事就随他去!由此,庄雅丽就由着他去。这么一拖,罗良居然32岁了,这让老罗想想都有点害怕,罗良毕业十年了,再不过问,怕是要40岁也没指望了。他一年到头在自己身边的时间超不过十天,他到底怎么想,罗育才和庄雅丽都没有谱,别单身了啊,他们好像一起向上天许了个心愿。

　　除了自己心慌,这些年,老罗已经组织了一套应对外人的辞令,但凡有熟人问起罗良和罗好的婚事,老罗嘴上说,我们要做现代父母,不干涉儿女的婚恋,可是落实到行动上就像走路外八字一样,别人都看得出难看,他自己浑然不觉。小周婚礼后,罗氏夫妇的失落感像流感一样,一个冬天发作了好几次。让病人痊愈的有时候不是药,而是更大的疾病——正在读书的罗好怀孕了,她的肚子不用看都是接近临盆了。老罗夫妇错愕了一下午,连骂人都没来得及。罗好的意愿很简单,要休学结婚,婚礼不办了,以后孩子大点再补办,现在穿婚纱不好看。庄雅丽说,你怎么这么不把父母放在眼里,怎么能这么让爸妈难堪?罗好说,就知道你们会这样,才不愿告诉你们。罗好说话的架势好像她占据了高地一样,罗育才和庄雅丽很失望,而且感觉抬不起头来。虽然这也不是什么出格的大事,可是他们的失望点更多在女儿没办婚礼上,这是他俩唯一的女儿!

　　庄雅丽恨铁不成钢,你早晚会后悔!

　　妈,我又不是不办了,不是说以后补办吗?

那能一样吗?

有什么不一样?

庄雅丽说不过她,委屈就像抽穗的稻谷一样随风荡起巨浪,好像那个没办婚礼就大了肚子的女人是她自己。那一段时间,老罗把多年积攒下的好酒都喝光了,每一瓶酒老罗都做了记录,哪一年谁送的。最早的一瓶是罗好出生那年,去茅台厂参观时买的,当时可是花了大价钱的,两个月工资,但作为得女的纪念,他觉得值得。老罗逢喝必醉,他原本打算等女儿出嫁的时候喝的,现在用不上了,老罗不像庄雅丽那样直接,他只是怪自己疏忽了对女儿的关心,越想越觉得自己失职,只有抿几口烈酒,他才觉得舒畅。空瓶子卖给收废品的老王,老王都有点不相信,你们家多少年也没卖过几个酒瓶子,这是怎么了?

女儿婚礼的失算让老罗夫妇更紧张儿子,9月底罗氏夫妇去了一趟上海。罗良住在那套举众人之力购买的二室的房子里,对他们两个突然的到访很不适应,一直追问,到底有什么事?老罗说,出来散散心,一直待在老家,跟个棺材似的,没意思。罗良安排他们市区一日游,老罗说休息几天再说吧。罗良说出去吃个大餐。老罗说,你妈在还去什么餐厅。

罗良好不容易卸下防备,老罗说,你记得小周吗?

记得啊,跟屁虫似的。

这个小周非常不靠谱,谈了多少个朋友啊,够一个球队了,让你周叔头疼死了。

噢,这样。

小周跟隔壁那个谁也交往过……

爸爸,那是人家隐私。

上个月小周结婚了,新娘是个好孩子,庄雅丽,你说是不是啊?

庄雅丽说,还不错。

什么叫还不错?打着灯笼没处找了。

爸爸,我还没结婚的打算,结婚不是那么简单,还有一堆后续的事,养家、生孩子……

这个你别管,先说有结婚的人选没?

罗良不说话。

那就是有咯。

罗良说,太晚了,我先睡会。

罗育才说,逃避不能解决问题。我们想讨一个答案,我们年纪都大了。庄雅丽还上演了一段苦肉计,哽咽了一次,似有若无地擦了一次眼泪。罗育才问,我只想知道,今年可以筹备婚礼吗?我们能为你做的就是这件事了。罗良肯定是觉得不点头不行了,才勉强吐了个"行"字。

得着这口令,罗育才和庄雅丽几乎当天就想杀回老家。庄雅丽要求跟女孩子见个面,罗良不同意,他的理由是,再等等,等我慢慢跟她讲好,一下子见面说结婚太突然。罗育才和庄雅丽也认同,心里太高兴,竟没把这事放在心上。

回家后他们打电话给易彬,易彬第二天就上门讨论方案。这一次沈红和老周也都加入进来,一是老周也光荣退休了,二是儿子结婚住在省城,闲在家里也不习惯,他们的主要功能就是能提供真实的得失经验。相比小周的婚礼,这一次更像是无中生有,老罗夫妇除了知道女孩叫宋雨,基本上算是不知道新娘是谁,长相、面貌倒是其次,罗良房间里有照片,但是人品、工作、家世等等就不了解了。不过这都不打紧,凡是涉及新娘的事,一个电话,罗良都会给予答复。比如婚纱的颜色、戒指尺寸,罗良说,这个我自己解决。庄雅丽就在后面拉老罗的衣角,他知道庄雅丽的小算盘,她肯定是有便宜的门路。罗良的立场并不强硬,随你们,别弄太山寨了。庄雅丽上前一步抢白到,怎么会,什么都是有档次的,就你一个儿子。

新娘父母的名牌也得准备起来,婚前是不是得亲家会面?罗良说,我问下。不知道是问女孩,还是女孩的父母,两天后给的回复是,不用见面,父母都在国外旅游。庄雅丽虽然有点失望,可是一听说他们去了国外,还是有点小虚荣:出去玩一趟不容易,别为这事折腾回来了,等你们结婚那天再见也不迟。可是婚姻大事啊……老罗声音刚一上扬,还没有展开,罗良那边的电话响起嘟嘟嘟嘟的忙音。

过了几天,老罗又打电话给罗良,要不要跟女方父母通个电话?不然失礼啊。

罗良还是说,我问下。

当天晚上,罗良回电话说,你也不会说普通话,对方父母也不会说,交流起来困难,别在乎形式了,反正早晚得见面。

我们是没什么,就怕人家在意,说咱不懂规矩。

罗良说,不会,已经问好了。

老罗说,日期没变化吧?婚礼顾问易彬问婚礼举办的日期,我说年底之前

■ 集散地

肯定能办,查了农历,宜婚嫁的比较多,就定腊月二十,这天各方面都特别好。

罗良说,好。

腊月初十那天,老罗又跟儿子确认了一遍,罗良还是原来的答复,好。剩下的十天,老周夫妇、老罗夫妇差不多是四位一体了,所有的流程都按照方案上的一一落实。一进腊月,易彬有满把的婚礼要去赶场,罗家的婚礼准备工作基本都要靠自己了。沈红安慰庄雅丽说,自己处理也有好处,省钱放心。他们四个还专门挑出一天,写了五百多封请帖,都是老罗一笔一笔写的,老周要参与,也只能是糊信封。女方家的请帖,老罗其实最在意,但罗良说不必了,他自己已电话通知。

不到最后的关头,即使一切都有条不紊,准备妥当,老罗还是不能安心睡觉。他经常半夜起来在屋子里转一圈又一圈,然后给罗良打个电话,问,你什么时候回来?罗良一开始都说马上回去。后来老罗就逼问,马上是哪天?罗良被这种半夜电话吵得差点发火,后来晚上再打过去,罗良的电话已经关机。

腊月十九那天,老罗这里摸摸那里摸摸,无着无落,最后一天了,新郎新娘到哪里了?老周说,别担心,结婚又不是儿戏,他还能不回来?老罗不出声。庄雅丽跟沈红在新房里贴喜字,老周无事可做,在老罗书房里待着看字帖。电话响起的时候,都没人去接,都以为会有人接,结果等老罗准备接的时候,电话就不响了。

过了十分钟不到,电话又响起来,老罗一个箭步跑过去,回来了吗?

罗良说,要不就算了吧。

你说什么?

结不成了。

你给我一个理由。

罗良说,分手了,时机没到,缘分没到。

老罗说,罗良,这不能说服我,这个理由不行,我们忙活了大半年了……

罗良挂了电话,他最后一句话是"我也很烦"。

罗育才咆哮着告诉屋子里的另外三个人,明天的婚礼主角不来了。庄雅丽立刻就不行了,号啕大哭,一遍哭一边骂,罗良,你这个坑爹害娘的孩子,早不说晚不说……怎么这么不懂事……我犯了什么错,生了这么个孩子……罗育才,你的好种子!老周夫妇十分尴尬地坐在旁边,沈红一遍又一遍抚摸庄雅丽的脊背,老周无神地盯着老罗,他在等老罗掐掉嘀嗒嘀嗒的钟表。半个多小时过去了,四个人没有眼神交流,只有钟表的嘀嗒声一声响过一声。沈红最先打破了沉默,要不,明天你俩上场吧,雅丽不是抱怨没举办过婚礼吗?结婚35周年纪念,什么都准备好了。老周嘟囔了一句,别添乱了。

这一句话好像每个人都听到了。

第二天9点,所有宾客陆续到场,迎接他们的是西装笔挺、头发灰白,眼镜腿锈迹斑斑的老罗,旁边站着全身发福、绷得喘不过气来才塞进白色婚纱中的庄雅丽。他们迷惑不解,互相询问,边走边议论,坐到圆桌上交头接耳,接下来装着谅解和惊喜的样子,祝贺他们结婚35周年快乐。女人们不约而同地去洗手间,处理一下红包,也有当场抽出几张,吐口唾沫再数一遍的。老周热情洋溢地准备上台致辞,他希望自己能幽默一点,让大家发出善意的笑声,大家笑开了,也就没什么大事了。他默默地在脑子里寻找伉俪情深、携手不易、祝愿

■ 集散地

白头偕老、恩爱更上一层楼这些词语,希望能组织得合理一些,让人听起来舒服一些。沈红热情的眸子盯着他们,背景音乐播放老罗一直有点厌弃而庄雅丽热衷的《欢乐颂》,庄雅丽迈着国标步子,挽着老罗的胳膊。

天气预报上说,明天整个北方都在下雪,雪花微微地穿过云层在飘落,落在黑沉沉的康王河上,落在郁郁苍苍的鲁西平原大地上,落在灰扑扑的楼顶上,落在白天鹅酒店门前枯萎的草坪上,老罗鼓凸的额头却沁出点点汗珠。

集散地

一

我叫她尹小跳，这是我从书上看到的名字，用红色的笔圈出来拿给她看，送给她，她很开心。她说她不会循规蹈矩地走路，她喜欢跳来跳去地走在路上，肩膀耸动的频率与时钟的秒针一样。她偶尔会失踪一天，骑单车在老城区转来转去，老城区的地下全是挖空的矿坑，有的地方裸露在外面，沉降的地方像一个个张开的黑色大口，似乎随时都会吞没大地。住在这里的人们已经集体搬迁到新城区两年了，这里是乞丐、二流子出没的地方，爸爸、妈妈还有戴眼镜的班主任对她这种举动暴跳如雷。

尹小跳的理想是做一个护士，因为她喜欢一个给她打针的男医生。我们在学校的操场上交换过理想，我的理想是做一个邮局的职员，可以每天码那些厚厚的信封，把它们送到街道上的各个角落。尹小跳喜欢把额头亮出来，决不留一丝刘海，把马尾巴辫子扎得高高的，走路的时候合着步伐一耸一耸。她在

■ 集散地

每一堂语文课上都睡觉,但从不打呼噜。她喜欢吃泡泡糖,站在窗台前不厌其烦地吹,然后在某个时刻把它堵在办公室的锁眼上。

我喜欢尹小跳,因为她是我所不能成为的那种人。就像延伸的自己的片断,无论自己还是他人,都没有酣畅淋漓的人生,总是打成碎片,纷纷扬扬地落在某某某头上,落在头上的都是缺陷,永远失去另一种可能性。尹小跳不讨厌我,她说从第一次见到我,就觉得我们迟早是一路人。第一次,下着大雨,在伞的世界里碰碰撞撞遇的那个人就是我,她说她轻易地就感觉到了将来的样子,这些话,我们只说过一次,便不再提起。我们在夏天的午后一起去镇上的书店买那种过期杂志,我喜欢一个叫作《民国春秋》的栏目,远一点的时间,哪怕琐碎的东西都带着光芒,她什么杂志都不喜欢,除了租武侠小说就是喜欢和卖书的老板起腻。尹小跳不讨厌我,我们在冬天的夜里,沿着与校门平行的马路,从一头走到另一头,再返回。我们偶尔会说到未来,她说她从来没有想过考上大学,她说如果她将来很穷就没意思了。她说到未来的穷困生活就叹一口长长的气。我说我是一定要考上大学的,我赚了钱,一定保证你衣食无忧。我把读大学与赚很多钱画上等号,对于多年以后的事我没有什么预见能力。

我相信自己说这些话完全是受了《夏洛的网》的蛊惑,从第一次看到它,我就迷上了这本书,一直随身携带着它,我对前途有一种悲观的预计,觉得自己就是那只独自去闯世界的春天的猪,幻想有一只叫作夏洛的蜘蛛与我在一起。但是,有时候我也会角色混乱,一会儿是威尔伯,一会儿是夏洛,一会儿是那个弗恩的小学生,这个幻想第一个打动的人就是我自己,我经常被自己幻想的故事打动。然后,就是尹小跳,她说,我相信你。

那年夏天,她分了我五本特藏的武侠小说,带我去了一趟老城区,去了瓦砾、石子、拆迁的店铺,还有上了水的农田,废墟之上有不少过来访旧的人:挂拐杖的老爷爷、牵手的情侣,还有一队小学生。我们在接吻的情侣面前装作看不见,侧过头去,对视着挤一下眼睛。

我不喜欢学习生活,可是我很努力地把学习成绩弄成前三名;我不喜欢学数学,我总是努力偶尔把数学考个第一名,这是一种惯性运动。这都预示了我的前程,一边讨厌教育制度,一边努力考上大学,读让爸爸妈妈骄傲的学位。尹小跳聪明,所有的课程都她都可以对付,偶尔也有不俗的成绩,然后她就喜欢说:"一切都他妈没劲极了。"

二

尹小跳叫我赵朗,这是我妈妈取的名字,她在怀孕的无聊日子里听到的一个广播剧里的名字。尹小跳说,赵朗,你陪我去一趟医务室,我病了。她几乎每个月都要感冒一次,用鼻音很重的腔调和我说简单的话,然后就开始咳嗽,拿一块白色的手帕遮住嘴巴说,不要靠近我,我是重感冒患者。

我和尹小跳的友谊在漫长的夏季里经历了彼此的互相验证,熟悉地就像面对自己,这个时刻,聊天大部分是在重复,一次次地去明确第一次表达不到位的意思。我们喜欢说点关于唯一的话题,朋友中,你是唯一的××××,像一个填空题,根据彼时彼地的情势填补上。

在有的年纪,希望有一种秘密与别人分享,那些看起来不成为秘密的秘密——在黑暗中吹口哨的男生是谁,那些在传说中的人与事,用这些传闻丈量

■ 集散地

着友谊或者其他东西。

尹小跳希望能和那个医生多交谈几句,那个医生每天都很忙碌,他很少抬起头看病人,总是低着头写病历,怎么了?感冒了。发烧吗?有一点。几天了?两天。咽喉痛吗?还好。他唰唰地写一张纸,然后递一个体温计给尹小跳。尹小跳回到长沙发上与我一起等待温度升起来,屋子里有一种冷清的阔大感,大概是因为洒了太多的来苏水。我对来苏水比较敏感,鼻子一阵一阵发痒。

尹小跳喜欢与我讨论那个医生。我觉得那是个没有什么魅力的人,像黑白片里下来的人,瘦长的身体,瘦长的手指,瘦长的脸,而且我看不出他的年纪,20岁、30岁、40岁。我一点都不明白尹小跳为什么喜欢这个医生。大部分时间,我怀疑这只是一个儿童期的朦胧崇拜,我在幼年时代曾特别崇拜一个兽医,因为他背着一只带红十字的大箱子,我每次见到他,都热情地跟他打招呼,还喜欢悄悄跟在他屁股后边,看他的背影辗转走远,像等待一个将要打开的潘多拉宝盒,始终等不到,后来就是一杯白开水。

后来尹小跳说,她只是喜欢那种来苏水的味道。

那时,我和尹小跳已经疏远了,像一张被风吹得破碎的蜘蛛网。

尹小跳有一个读大学的亲密朋友。他来找她,用单车载着她,在傍晚的小镇上向西去了。这是一个阻隔了我们的忠诚关系的秘密,我隐约感觉到她在走向别处。她写了无数的信,一个人去扔进邮筒里,我也开始交往一些时好时坏的朋友。这些事我详细知道的时候,已经是两年以后了,尹小张写信告诉我的。我记得很清楚,那是那一年我收到的唯一的一封信,用那种很煽情的信纸,粉色调。尹小跳只给我讲那个虚假的医生的故事,这件事像梅雨天气一样让我不能呼吸。

疏远是反方向同时匀速行驶的列车。

三

尹小跳离开学校,是在一个冬天的晚上,许多人都觉得她惹了麻烦被迫退学,我不这么想,我一直觉得她迟早会离开学校的。她靠在走廊的窗口,身子斜斜地倚在上边,手里在把玩一个钥匙扣,是一个金鱼钥匙扣,上翻下翻。我走过去,觉得她应该是在等我。

有事找我?

我要走了。

去哪里?

先去开一家鞋店,我爸爸说随便我。

我知道她喜欢跳舞,她从前说过曾经梦想开一家全是舞蹈鞋的店,她爸爸有一家大鞋店,还有许多分店分散在城市的各个角落。

以后来找我,我最近会在新野路上的店里。

无论我在哪里,你都要来找我。她很郑重地讲了这句话。

我很羡慕尹小跳,哪怕是出于少不更事的虚荣,我还是羡慕她。我爸爸对尹小跳却没有什么好感,他说下次不要带她来我们家。我妈妈好像与他意见一致,她习惯沉默不语。这样的孩子,我看多了,哼,到最后还不是……我爸爸自从武警部队退伍以后就邋遢得不成样子,我经常拿着影集在别人面前炫耀

■ 集散地

■ 026

他年轻时代挺拔的身姿和俊秀的面庞。在他成了配件厂的保安主任 10 年后,啤酒肚已经限制了他看到自己脚的视线,夏天他就光着上身在家属院路灯下和人下棋,他的脾气和工资保持同样的起伏。他生气的时候就摔任何随身携带的东西,有时候是杯子,有时候是热水瓶或者凳子。他对我的口头禅是,你这个死丫头。偶尔他也打我的妈妈,但是,凭良心讲,他不是经常打,我记得的只有两次,但因为打架之后长期的冷战,让我觉得有许多次。而第二次的时候,我决定离开家。我在小区门口的成衣店看了两眼我的妈妈,她并没有觉察我的反常,赵朗,赶快回家学习,不然你爸爸看见要发火了。我说,好的。然后我就把藏在冬青后边的拉杆箱提出来走了。

我去找尹小跳的时候,店里的人说她休息,住在寺北柴。那天一切都像刚洗了个热水澡。我打了一辆车从白马桥一直向东,第一次到达了这个叫作寺北柴的地方。这儿有一个工业园一样的铁门,进门之后就是相似的一排一排的两层小楼房,这里是新扩增进城市的郊区。我先看见的尹小跳,她做了新发型,剪去了走路时跳动的马尾,短得过分,打了耳洞——从前她说永远不打的,永远这东西没多远——提着宝丽龙便当盒从第一条街的便利店出来。

然后她看见了我。想起我来了?我有点腼腆地看着自己的拉杆箱,投奔你来了。

晚上,房间里热得像澡堂,我们就出去散步,坐在郊区的过街天桥上,下边是一辆辆白天禁止通行的巨型货车。手攀着栏杆,我说,真想跳上一辆车去远方。她说,无论你到了哪里,我都会找到你。在街边的小店买罐装的啤酒,喝干了就把罐扔在呼啸而过的车上,有时是哐的一声,有时易拉罐就直接掉在柏油马路上被碾成纸一样的薄片。尹小跳有男朋友,我不知道是谁。我不太关心,也没有问过,从那次闹掰以后,有一段路总是磕磕绊绊地走得很小心谨慎。每到周五我就对自己的词汇感到捉襟见肘,不知道如何说话,不知道怎样掩饰自己的小心,不知道是该装作睡着还是醒着。

今天,你有事吗?

没有呀,哦,晚上有朋友一起出去聚会。

每个周五她都不回来,我一个人在房子里转来转去,风扇呼啦呼啦地响个不停,趿拉着拖鞋到楼下的小店里买东西,店门前的灯箱发出水银般的颜色,老板光着脊梁躺在竹椅上摇扇子。街灯下边有搓麻将的一堆人,看的人都摇着扇子。我买了一把扇子,站在那里,我觉得房间里又热又冷清。小店一直不打烊,我就一直待在那里,看那些围观的人一一散去,搓麻将的人清理桌子,光脊梁的店老板加上了一件背心,夜色开始微凉,像冰镇啤酒。夜色宝蓝宝蓝的,我就在房间里看外边寂静的世界,这个夏天我就想这么安静而焦躁地混过去,作为对我爸爸的惩罚,或者还是其他,我并不是那么清楚。

我一早就起来了,那天,天气是最热的,广播里说,有很多老人热得发病住进医院,有些流浪狗驻守在自来水管前不走。我自制了柠檬汁,加冰块,无聊地搅着麦管,冰块叮叮当当地碰着玻璃,猛一抬头就看见尹小跳已经进来了,她穿着紫色的吊带衫,手腕上有红色划痕,在这个时间遇到她,我有一种卡壳的感觉。她把我的柠檬汁拿过去一饮而尽,然后坐在那里咬自己手上的肉刺,我看见鲜血冒出来,我的喉头升起一股咸腥。

尹小跳说,你还要不要上学?

集散地

我说,不知道。

那就是还想上的意思,想继续上学的人才说不知道。

那又怎么样?

你迟早要离开我的。

我沉默。我没有说天下没有不散的筵席,这是一句废话。

我们说点别的吧,有意思的事,今天天气这么热,我们说这些干吗?

尹小跳就不说话了。

那一天,尹小跳一定有什么事,可是她不会跟我讲,我知道。

暑假还没有结束,爸爸就找到了我,他带着我的妈妈蹲守在门口,看见我的时候,两个人都哭得像天塌了一样。爸爸说,赵朗,你瘦了。其实他好像瘦了,这话我没有说。他们拉着我就走,我说还要和尹小跳告别。爸爸说,我已经跟她讲过了,她说不用告别了。

爸爸见过尹小跳。

四

在我刚进大学的秋天,人生第一次沉浸在不由自主的快乐之中,我的世界被连根拔起,被移植到一个新的世界中,这种虚幻的快乐,让人快速地交到朋友,加速度地成长。在回寝室的路上我想起尹小跳,有些悲伤,我很想知道她在哪里。

梦你的梦,

想你的想,
不在一起的日子,
或才能开始懂得你。

我收到一封信,是通过一个朋友传过来的,没有地址,没有电话。之后我与尹小跳竟然再也没联系过,我一直在懵懂中期望着,在一个地方我们还会偶然相遇。她说过,无论我在哪里,她都会找到我。我就站在原地,不动、等待。我在一本学术书上看到了那个稀奇古怪的名字——寺北柴,在边上做上紫色的记号。

多年以后,我在传闻中听到过尹小跳的消息,迅速滤过其他的一切杂质,知道她过得很好,我长长地舒了一口气。她没有做最美丽的鞋店老板,她成了年轻的酒水零售商。多年以后,我在另一个城市继续读书。这个城市庞大得像巨人,积聚了很多人的梦想,这个城市很繁华,是我所不曾梦想过的那种远方。

一天,我收到一条短信:23点11分,我经过你所在的城市。尹小跳。

23点11分,我站在窗前打了一个哈欠。

我感到有一些液体从我的眼睛里流出来,落下去,好像一下子回到集散之地,人们来来往往,不会驻留,它让你情不自禁,无处藏匿。我极其不满意自己这种婆婆妈妈的态度。

"我——想——念——你——尹小跳——"

- 集散地

- 030

明亮的星

  1993年夏天,普集镇中学发生了一件大事,即将退休的校长老戴在全校1000多名教职工和学生面前,让早恋的女生在全校游行。早恋的事情哪个学校都有,老戴也不是老顽固,睁只眼闭只眼,混到学生毕业拉倒。

  教导处主任老王根据各种线报和收缴的信件,叫来了一批女孩子在办公室教育了一上午,苦口婆心、唾沫乱飞。据说老王是站了整整一上午,挥手比画,拍桌子砸板凳,整个楼道都能听到,老戴就在隔壁办公室,当然听得一清二楚。好不容易结束了一上午的战斗,老戴也清静了会儿,收拾一下准备去食堂吃饭,迎头碰上从老王办公室出来的几个女生,她们打打闹闹,不知道说到什么事哈哈大笑起来,从老戴身旁绕过去时,声音都没有减小一分。老戴火起来了,觉得她们完全不把自己放在眼里,于是饭也不吃,回去布置开大会,他隔几分钟就重复一句,要让这些女孩子知道什么是耻。

  老戴站在会场上把开会原因复述一遍,他回头看了看那几张红扑扑的脸蛋,又凝重地看着台下的少男少女,加重了三分力气吐出一句话,我觉得她们这种行为是不要脸。会后,那几个女孩子被老王带着,在课间操时间,排着队伍绕着校园走了一圈,每一层楼的栏杆上都挤着看热闹的黑脑袋,因为老戴在前面带着,看热闹的也都是哑着,没有平时的骚动和叽喳。

事情过后,校园里消停了一阵子。放学时没人敢晚走了,老校工也不用敲打着脸盆去犄角旮旯里赶人了。小昭她们这种初一新入学的,离主席台太远,连那几个女孩子的面孔都没看清。小昭她们与那几个女孩子的教室隔着两个教学楼,连厕所都不在一处,根本不知道她们是谁,在老戴、老王等校领导那里的大事,到小昭班上,就跟什么都没发生过似的。

小昭最近浑身刺痒,好像是过敏,又没有明显症状,妈妈说这是她心理作用,小昭认定这刺痒跟校园里漫天的蝎子草的怪味道有关。密密麻麻橘褐色的结实的花朵,连成一片,跟传染病似的往外扩散。鲜草的清新与浓厚的中药混合的味道,天气温暾、氤氲不开,让人一进校门就像被罩住了一样;又像热腾腾的一锅粥,要把校园跟外面隔开似的。太阳当空,白杨树上的知了叫唤得让人心烦,男生们的瞌睡虫却爬得毫无障碍。午后自习课上,坚持不住的倒头就睡,也有用手支撑着头勉强看书的。女生一向都有精神,朱朱在课本上一边画线,一边打喷嚏。可恶的蝎子草味,她压低嗓子,你们不知道吧,蝎子草底下藏着美女蛇。两边的女生同时转过头来,贝贝耸耸肩膀、伸舌头,呃呃呃,太吓人了。小昭说,放学后得赶紧走,不敢落后边,被蛇咬死就悲剧了。贝贝说,咬死了就不用写英文作业了。朱朱说,那几个游街的女孩肯定是魂被什么勾走了,不然哪来那么大胆子?小昭看看窗外,白花花的世界好像醒不过来,那些蛇嫩着呢,花坛才建了几年?贝贝说,她们就是妖精。

朱朱继续翻书,上周六操场上杀人的时候,你们怎么没来?一枪打偏了,

■ 集散地

打在白杨树上,那棵树蹭了一块皮,冤死了。贝贝看看小昭,想说什么又咽回去了,她从桌洞里拿出杯子喝了口水,你看见死人了?朱朱说,挤不过去,没看清楚,啪一下倒地上了,穿着黑棉袄。小昭用铅笔抵着下巴,那是打在后脑勺上了,看到血飞溅出来没?贝贝又呃呃两声,夏天怎么穿棉袄?可能是害怕吧,才18岁,我不想死那么早,朱朱说,拉着警戒线,站着一圈警察,挡得严丝合缝,什么都没看到。

一节自习的时间真够长的,贝贝问朱朱,还往上挤,你就不害怕?怕什么,我的理想就是当医生,我爸妈可是天天看死人的。小昭说,你别夸张了,咱们这里有那么多死人吗?还天天看。朱朱说,还真没有,都是头疼脑热的、咳嗽发烧的,人都到大医院死去了。你们的理想是干吗?小昭说我将来是要做大明星的。

上次讨论课,语文老师问大家的理想,答案都是要做老师、护士、医生、科学家等等的,小昭好像说要做新华书店的售货员。朱朱继续翻书,贝贝在把玩自己的指甲和肉刺,她们俩间隔着抬头微笑着看了小昭好几次,第一次可能是疑惑,第二次是认真打量一下她的眉眼,也许还有羡慕,自己说不出来的话,而被小昭说了。小昭说完,抚摸着自己饱满有光的额头,看了一下自己的朋友们,等着她们的反应。朱朱因为爸爸是医生,家里注重营养搭配,脸蛋像面包一样鼓鼓的,可爱是可爱,但不算好看,就跟她的学习一样,成绩太好了反而有点憨憨的样子,她压根不会有当明星的想法。贝贝长了一张洋娃娃的脸蛋,猪油脂一样的皮肤,两个黑葡萄一样的大眼睛,美中不足的是有点挺胸,而且脑子掉链子。按照她自己的说法,以前她学习很好的,此言非虚,朱朱她们都可以作证。贝贝的伯伯是普集镇中学的副校长,但她没什么便宜好占,成绩不好,给你的三好学生也不敢接。老师多关注几次,反帮倒忙,回答不上问题来,脸色灰灰的,嘴欠的老师还会奚落要给副校长带句话。

我表姐说,巩俐就是在大街上走的时候被星探发现而成明星的。看大家没反应,小昭又补了一句。朱朱眼皮都不动一下,继续翻了一页书,点了几个重点符号。贝贝说,明星得要长得好看。朱朱说,小昭你还不如贝贝好看呢,再说咱这也没星探啊。

小昭也开始翻书,是不经意地翻,哗啦啦一会翻完又重新来一遍。小昭皮肤黑,是天生的,黑得有点油亮感,看久了也自有她的美感,黑黝黝的牡丹,高贵、纯正。她有一辆漂亮的弯把小型女士白鸽自行车,崭新得亮眼,银白色的车筐里放着她的背包。她腕上有一块绿色表盘的坤表,淡绿色的毛背心,里面的白色吊带衫若隐若现,她就是普集镇上的明星。

小昭普通话说得流利,英语发音也标准,关键是自信敢说,英语课代表就是她了,谁也没异议。每天早上她准时把一摞英文作业送到办公室,从初一(七)班到办公室这条长长的走廊里,总有夸张的男生,趴到窗子边喊"小昭小昭,黑牡丹黑牡丹"。她的步子急促起来,难免跟跟跄跄的,压着脚步稳着心性走到底,这一程心慌又很享受。心里有事时也会生出厌恶的情绪,起哄的人里头没几个好人,混世魔王居多,一天到晚没正事,找个影事儿就没完没了。窗户后边的女生们被打扰了难免皱眉头,也有爱热闹的,抛个笑脸出来,也有看见也当作看不见的,心里不以为然,但不表现出来,继续干自己的事。凡事耐得住性子的人总是不会缺少。

　　小昭成了学校的明星,跟这些起哄的声音也不无关系。包括老戴,都直呼她为小昭,别的同学见到老戴都躲远远的,小昭总是迎上去聊几句。女生们晨读的时间也说悄悄话,别人都扯着嗓子读,聊个闲天就相对安全,电视剧、明星八卦什么的,讲那些隔着书本和电视屏幕的故事总是那么有劲头。小昭跟她们不一样,她一说话总带着很多真人真事,她知道所有学校里和镇上的风云人物的逸事。镇上的理发店里的矮个男人为什么娶了一个高个子女生;初二年级的烫头发的漂亮女老师离婚了,她老公是政府大院的;卫生院里的护士正在跟隔壁班的语文老师约会。最激动人心的是,她见过普集镇中学声名赫赫的"青蛇帮主",他给自己的女朋友写血书这样的事情,仿佛她在旁边看过一样,说得有模有样、神乎其神。小昭的故事里太多真人真事了,朱朱、贝贝听了之后下次见到故事里的人难免要多看几眼,相视一笑,知道一个秘密心照不宣还是蛮开心的。

　　小昭的妈妈是个兽医,小镇上牲口交配、打针吃药是大事,四里八乡的钱袋子都在牲口身上,牲口身上必有一道钱要落到小昭妈妈手里。班里的男生经常意味深长地说到兽医站,小昭都会佯怒追打他们。班上男女关系两极分化,文静的一声不吭,见面说话都脸红,闹哄一点的毫无隔阂,追追打打、肆无忌惮,小昭属于后一种。

　　小昭的妈妈本事挺大,可不仅仅是负责给黄牛冷冻交配的,她妈妈的影响遍布整个镇上。镇中心小学的校长是小昭妈妈说的媒,镇上唯一的水泥厂需要用的煤炭都是她经手的,从中抽一道钱。麻雀点大的镇上,听说没有人不认识小昭妈妈,他们叫她"徐能人"。东西街上有配件厂、卫生院、镇政府、百货大楼、中心小学、第一中学,屈指数来就这几个像样的单位。南北一条街上有几家老店,新华书店、理发店、鞋店、种子站、广播站、茶庄,镇东头有烧饼铺和炸油条、喝汤的小饭馆。单位人头、店主人常年不变,住上一年,人人都是熟悉的,知根知底。去年小昭的妈妈在兽医站门口开了一家饲料店,大家谈起这事都有点艳羡,"徐能人"是会挣钱的主。小昭在镇上走到哪里都是明星待遇,人人都会跟她打招呼:小昭,好久不来买东西啊,给你妈妈问好,说阿姨想她了。小昭啊,越来越漂亮了,过星期的时候来这里吃饭呀。小昭也是聪明伶俐,一句话掉不到地上,样样回话说得都在线上。

和一腿泥巴的村里孩子比,镇上的孩子穿着整洁,毕竟不用干活。他们中午能回家吃上热饭,村里的孩子就只能吃大锅饭,拿个搪瓷缸子打一勺菜,加两个馒头,汤都没有。小昭的班是全镇重点班,按照成绩从上到下截取的。村里的孩子进不了重点班正常,镇上的孩子进不了就是个事件,除了证明孩子学习差,也明示家长没本事。镇上的家长挤破头也要找关系,塞进重点班的孩子也瞒不住人,谁真谁假,镇上一点秘密都没有。

成绩好坏没两个月就水落石出。老师指着关系户的孩子说,我打你怎么了?回家告你老子去吧。严师出高徒,不打不成才,望子成龙的镇上人从没有来跟老师算账的。路远是镇长的儿子,自己考进来的,成绩不错,但也不是最出色的那一拨,还在小昭后边呢。在重点班除非你不想学习,不然都是成绩不错的。路远引起别人注意的地方就是他神似《红楼梦》里的宝玉,脸盘白白圆圆的,嘴巴嘟得厉害。他也喜欢打打闹闹,但是很有分寸,似乎怕惹事,和班上

■ 集散地

喜欢打架的男生基本不搭茬,有点差生绝缘体的味道,不旷课、不迟到、不大声说脏话,不被批评也不被表扬,与风头是不沾边的。

谁都知道他是镇长的公子,甚至有别的班的女生在背后指点,喔吆,他爸爸就是镇长呀!看,那个就是镇长的儿子!路远大多时候都没听见,别人说这种话都是压低嗓门的,况且就是听见了,他也不会过去理论。朱朱、路远、小昭、贝贝都是一起长大的,一起读幼儿园,一起读小学,关于路远的消息都是从她们这里传出去的。

小昭入学后收到第一封情书是在半年后,用粉红色的信封装着,课间操的时候,有人溜进教室夹在她的课本里。小昭是见过世面的女孩,先偷偷看了一遍,下午自习的时候,传给朱朱、贝贝看,两个好朋友反倒有点害羞,看完都是笑笑,不发一言。信是楼上班的田雷写的,他与小昭有一个共同点:黝黑,长得很像港台电视剧里的男生,留着郭富城头,喜欢米色风衣,放学后经常在门口呼朋引伴一起走,打架超狠,听说不少女孩都喜欢他。此后,田雷经常在课间活动或者班级大扫除的时候,在门口露半个脑袋,小昭得了信号就出去。朱朱、贝贝好像商量好了似的都不问小昭,她们心里有点看不上早恋,当然也看不上那个爱打架的田雷。小昭主动透露消息给她们的时候,她们也乐意听。小昭说田雷写得一手好字,是他爸爸教的;田雷在每一个班里都有一个铁哥们,他的朋友都对他言听计从。毕竟知道这样的消息是特权的表示,她们是小昭的朋友。

学校每月都开训导会,校长每次都要抨击早恋。青春年少别把精力用错了地方,早恋的后果是什么?是回家卖菜(学生家长大部人都是菜农);将来穿草鞋(不上进)还是穿皮鞋(学有所成),就看你把时间用在哪里! 小昭听这些磨出茧子的话,隐隐地有点不自在,朱朱、贝贝就坦然多了,她们该笑的时候就笑,该鼓掌的时候就使劲拍巴掌。小昭心里仔细分析着周围的状况,有点失落,她不知道这叫不叫早恋,只是收了几封信,说过几次话。操场上白日煌煌的,连那些惯常嬉皮笑脸的男生似乎也安分起来了。

班里有人传说路远喜欢小昭,传说不是口对口的传说,而是男生们的眼神和动作里传达的。小昭课间把一摞作业本发给每一个人,她走到路远的座位时,几个男生齐力把路远推到小昭身上,撞了个满怀,作业本撒了一地。小昭很生气,丢下一地作业本回到座位上,路远还有那些惹事的男生就乖乖地把作业发完。放学回家的时候,男生们走过小昭的座位,嘴巴贫的男生就顺口说,还不走? 路远在门口等你呢! 小昭生气是真的,慢慢次数多了也有点兴奋,想等就等,关你什么事? 小昭的调皮样就出来了,那些说话的男生也乐得有话题。反倒是路远,还是跟以前一样,男生们拿他说笑的时候,他也笑,很憨厚的笑容。小昭的精神又来了,尽管非常缓慢,细丝慢缕的。小昭是人来疯的女生,只要有事情或者眼光关注着她,她就迅速活泼起来,从眼神到脚步,都像春天的花蕾似的。

有一阵子,班上的同学私下传言,田雷与路远打架了,田雷是谁啊,路远敢去招惹他的女朋友。这个年龄的很多事情都是在传言中的,模模糊糊、飘飘荡荡的得不到确证。也有几个女生撇着嘴说不可能,路远那么蔫,被打还差不多,怎么可能打架呢! 这些话是贝贝说的,小昭的情绪明显受到影响。提到田雷、路远她就微微红脸,说话都明显不流利。

■ 集散地

　　小昭,到底是哪一个?田雷还是路远?朱朱在回家的路上问一句。

　　哪一个都不是。小昭已经想撇清自己与田雷的关系了,朱朱就有点不服气,以前你不是天天田雷田雷的,怎么现在又不承认了?

　　是他自己来找我的,我也没有答应他什么呀!

　　你都收了人家的礼物了,我看到过的,小浣熊。不答应还收礼物干吗?

　　小昭脸阴沉沉的,关你什么事。

　　路远不会理你的,朱朱低声嘟嘟囔囔。仿佛她才和路远是一国的。

　　小昭立时就甩开朱朱,走前头去了。

　　贝贝一看架势不对,就赶紧出来劝,说着玩的,怎么还生气了,我们不是朋友吗?朱朱和小昭都沉默,贝贝反而有点尴尬,大家就一路闷声闷气地回家了。

　　教室空间比较小,学生又多,座位是两张桌子靠在一起排的,朱朱、贝贝在小昭里头,朱朱进去,小昭就得站起来,进进出出十分麻烦。朱朱早早地赶到学校,避免一早得跟小昭说话,小昭也懒得理朱朱,她凭什么说我风凉话?剩下一个贝贝左右为难,十分无趣,只好埋头读课文,是蒲松龄的《狼》。

　　朱朱是老师的宠儿,和小昭不同,她是实实在在地风光过,全班第一名的成绩把她结结实实地定在老师心坎上了,就是偶尔考试失利,老师们也都去安慰她,说没有常胜将军什么的。朱朱经常代表全年级的学生发言谈学习经验。小昭也知道自己其实是缺少点实力的,虽然在班里也名列前茅,终归没有朱朱那么出彩。小昭也努力过,但是成绩这个东西不是说来就来的,原来默默无闻的同学一努力成绩却飞上来了,小昭连原来的名次都保持不住了。

小昭每天都给英语老师送作业,每次进办公室,老师们都刚上班,一天开始了,不由得要开个好头,小昭,帮老师给阳台上的花洒点水！小昭,这些作业你帮着批批吧！小昭开始都是乐滋滋的,像受到器重的将军一样,这都是特殊的"待遇"。可她慢慢地回过味来了,老师们似乎只是把自己当作邻居家的会跳舞的孩子,随口夸奖,并不是真心的,对朱朱就不一样了,对她是有佩服的成分的。连路远也让她失望了,路远拿一个数学题去请教朱朱,其实小昭也会做的,路远绕过小昭,扭着脖子问朱朱,小昭心里很委屈,可是又不能说什么,她知道朱朱的光环是比较耀眼的,谁都想看两眼,自己不也是畏惧着朱朱吗？觉得自己就是低她一点的。恐怕只有田雷对自己刮目相看的。小昭不知道怎的就突然冒出一个想法,假如田雷写信给朱朱,她都不会接受吧,肯定连看都不看就扔了。想到这里小昭觉得自己委屈得厉害,就算是为了这个,小昭都决定不再理会田雷了。

　　小昭一个学期都是心事重重的,成绩不见什么起色。妈妈整天忙着赚钱,爸爸不在家,冷清清的。小昭真羡慕朱朱有一个温暖的家,爸爸妈妈都是医生,晚上督促她学习。如果自己生在朱朱家,也会这么优秀的,想着想着就更觉得委屈,抽抽搭搭地哭起来。小昭脸上冒出了七八个小痘痘,来得很突然,都是在额头上,早上她趁妈妈还睡着的空偷用妈妈的粉饼,结果就站在那里大哭起来。她说,不去上学了,丑死了！妈妈说,这是正常现象,女孩子这个年纪都有的,别在意。小昭还是不能平静,贝贝的脸上什么也没有,跟纸一样光滑,朱朱也没有嘛。小昭妈妈立刻答应周六带她去医院检查一下,调理一下就好的,这又不是什么大事,值得你急赤白脸的哭闹？小昭觉得妈妈小看了这事,

■ 集散地

似乎在轻笑,这算什么呀! 更觉得不能原谅妈妈,逼着妈妈去跟老师请病假。

小昭跟着妈妈去医院开了点药膏,医生似乎也不在意这个小毛病,嘱咐她少吃辛辣的食品。小昭悻悻地回家,仔细地把药膏涂抹在额头上,一天涂抹了七八次,中午睡觉的时候还梦见自己的额头光洁如初,连肤色都变成贝贝那样的瓷白色了,笑得嘴巴都裂开了,呵呵呵呵,我这么漂亮可以去做明星了,成绩不如朱朱就不如吧! 醒来的时候,已经下午两点多了,房间里拉着窗帘,光线暗淡,小昭拿起镜子,心情就比光线还暗,额头没有一点好转的迹象,肤色较暗,加上暗红的痘,怎么看都像起了包。

一万个不情愿,小昭还是去上学了。把刘海耷下来,其实不仔细看也看不出什么,可是小昭总是忍不住拿手指去抠那些痘痘,上课的时候,自习的时候。朱朱也看到了,她们已经和好了,如初倒是没有,女生的友谊很容易打折扣的。

朱朱小心翼翼地问小昭,是青春痘吧? 小昭默认了。

朱朱说,我妈妈说很多人都会长的,不用担心。

我没什么可担心的,你告诉你妈妈我长青春痘了? 小昭有点不痛快,想着朱朱像发现新大陆似的把自己的事告诉穿白大褂的妈妈。

我随口问她的,没有说你长了。

说了也没关系,你也会长的。

我不会长的,我妈妈说的,我的体质、遗传、内分泌都决定了我不会长的。朱朱露出有点骄傲的神情,小昭一脸不快,觉得朱朱似乎是说自己体质、遗传、内分泌有问题。

小昭立刻就借着座位进进出出的不耐烦朝朱朱发火了,朱朱不怎么会吵架,顿时觉得委屈得不得了,趴在桌子上就哭,连老师进来都不知道。老师把两个人叫到办公室,劝说了半天,好像是平息下来了,不过一周后朱朱被调到小昭斜后的位置,靠着路远。

贝贝虽然基本不插口她们的谈话,还是知道她们的火药口在哪里。女生们都开始有了小小的身体变化,一个个变得神秘兮兮的,总有些小秘密是需要交流的。渐渐地,就有了不少关于小昭的痘痘的说法,什么早熟呀,恋爱呀,总之有点不正经的暗示。小昭是多么心思缜密的孩子呀,这点还能听不出来?但她把这些都记在了朱朱头上。

朱朱,你背叛朋友。小昭把一张纸条放到朱朱桌子上,朱朱没有回应,仿佛世界末日一样,两人都回家大哭一场(只是彼此不知道),之后互不理睬,回家的时候也离得远远的,即使一起走,中间也隔着贝贝。

成绩下来,快放寒假的时间,大家都觉得时间特别漫长,刀枪入库,马放南山,三五成群,交头接耳,坐在位子上闲扯,说考试题目,说爸爸妈妈看到成绩单时的反应,把悲剧都说成喜剧,兴高采烈的。路远突然漫不经心地问了句,小昭,长青春美丽痘了呀!小昭眼圈就红了。大家面面相觑,后来目光就都折返到路远身上。路远特别无辜,我没说什么呀,青春痘都不能说啊?小昭你可千万不要哭,我最怕女生哭。小昭听到哭的时候眼泪就止不住了,周围的女生就上去劝,这个时候的小昭是经不得劝的,越劝越伤心。小昭的反应是有点大了,路远半天都没有回过神来,不知道自己哪里得罪她了,反正以后路远与小昭就不那么熟络了,小昭多半是因为自己的失态,路远则是对女生的小性子有点怯了。

■　集散地

■　042

过了冬天，日子翻飞得更加快，教室换了一次，座位每个学期都大调整一次，老师们也换了一茬。朱朱还是很优秀，但再也没考过第一名，有时候第七第八名，偶尔也会十名以后，小昭则直线下滑。这个年龄的事儿总有点突发奇想的意思，猛不丁地，一个新的优秀学生就出来了，先前的优秀学生也就像月历牌一样被掀过去了，月历上最明亮的星没几个人会记得。考不了第一的朱朱个性反而爽朗起来，也可能跟路远有关系，男生女生搭配，跟女孩子圈在一起不一样，她变得活泼大方。贝贝的成绩越来越差，但男生们好像越来越喜欢她，小昭听好几个男生说，贝贝长得真带劲！小昭看到她跟好几个男生一起边走边聊，也看到过她在路上边走边哭。贝贝从来没跟她分享过秘密，小昭有时候特别心疼那几封给她们看过的信，她们连一句评价也没有。田雷没有再找过小昭，也一直没有消息，直到他因为打架斗殴被开除。老戴在全校大会上宣布的。小昭只在心里晃动了一下，假装没听到，回去继续上课，跟朋友们说说笑笑，声音还大了几个分贝，放学回家之后，她还是痛哭了一次，晚上藏在被窝里，这事谁也不知道。

毕业填报志愿，朱朱跟路远报考了同一所高中。小昭对那段日子一直记得很清楚，她在日记本上涂满了路远、朱朱的名字，她觉得朱朱和自己的吵架是有预谋的，决定永远都不原谅她。秋天开始的时候，小昭去商专念书了，兵荒马乱的，大家各忙各的，都没有隆重告别一下。开始小昭还收到过朱朱、贝贝的信和贺年卡，她们在不同的地方有了不同的生活，旧家拆迁，父母换工作，学习压力，等等，后来音信渐弱，仿佛消失了。商专三年，小昭再也没有被人叫过黑牡丹，青春痘在青春过了以后，留下的是暗褐色的疤痕，像贴在脸上的记号。

再次想起这些故事,是听到贝贝和路远的婚讯。地点就在橡胶厂门口的金杯酒店,从小昭的宿舍到那里有五里左右,骑自行车十来分钟。这两个人结婚出乎小昭的意料,但这么多年哪件事是在意料中的呢?比如老戴猝死于脑血栓,老王被免职,朱朱回到镇上的小医院当护士,自己找不到工作,还有仓促的离婚。小昭考虑要不要去看看,去看什么呢?看看他们长什么样了还是找找他们以前的影子?朱朱去不去呢?

小昭从县食品厂的侧门出来,跨上那辆小飞鸽自行车,车被日晒雨淋得白兮兮的,她好像没有从初中的世界走出来似的,个子没有长多少,体重明显加重了,握着车把的手指节宽大。食品厂的活真辛苦,一天到晚,十个小时的班,热气腾腾的,蒸得人都发虚。小昭骑车左转右转,到达宿舍,脱掉汗涔涔的衣服,拿温水冲一下,浑身一阵凉爽。小昭换上干净的居家服,躺在床上。世界真大啊,走了那么远又回来了,一个明星也没遇见过,县城这么小,毕业十年,跟朱朱、贝贝也没正儿八经地遇见过。世界什么都没改变,普集镇的夏天仿佛还在眼前,又好像一切都变了,想着想着小昭的眼睛就不听使唤要打架了。

■ 　集散地

■ 　044

■ 　平行线

父母在，不远游。

母亲走的时候陈昌已经记忆模糊，只记得母亲被送进医院的那天，天气冷冰冰的，他躲在干枯的石榴树上，院子里进出的人们唏嘘不已。偶尔会有人看到坐在树杈上的他，眼神对接，他能感到别人的怜悯，立刻就低下头。父亲是五年前的冬天走的，真是煎熬，他脾气变得暴躁，拿拐杖敲着门板，骂天骂地，不公平啊，好不容易熬过了苦日子，一个人带大孩子，却什么都吃不下了，瘦得缩成一团，谁也帮不了他，无力、惊恐、不甘。他走的那一刻，陈昌好像卸下了沉重和废旧的负担，再也没有回过老家。他当然也想起过老屋附近的河塘，他在那里钓鱼、放水牛，还有一次他沿着狭窄的田畔骑自行车，掉到河沟里，被同学的爸爸捞出来。

老婆小杭出去逛街了，陈昌仰在沙发上眯了一会，模模糊糊地看见父亲，他正在水田里插秧，戴着草帽回过头来朝坐在田埂上的陈昌咧开嘴巴笑，天空湛蓝，河塘静谧。醒来浑身发冷，他绕着房间走了两圈，世界真安静。电话几乎就是在陈昌开始不安的时候响起来的，他慢慢腾腾地拿起电话，"昌娃，今年过年回家一趟吧。"除了父母就只有堂兄陈刚这么称呼陈昌了,陈刚说话的口气就好像陈昌站在他家门口,让陈昌进去坐坐。这怎么能拒绝呢,陈昌本来想说点什么的,可实在说不出什么:"好吧,家里有事?"陈刚说:"没,你也该回来看看了。"

陈昌要回老家,小杭开始有点不理解,突如其来地打破计划总是让人沮丧,本来他们打算在春节时去海边度假。但她还是表示了自己的理解,却拒绝跟陈昌一起回老家,她实在不能适应陈昌老家的饭菜,她不属于那个地方,这种事情不可强求。在车站,陈昌略带歉意地抱了抱她,她把陈昌夹克衫拉锁往上提了提:"自己注意,别感冒、别上火、别拉肚子……"

陈昌很喜欢这样的恩爱方式,虚假带着真心,平淡而又真实。

晚上 10 点坐车,早上 9 点到铜陵转车,一路上陈昌昏昏沉沉地睡着了,稀里糊涂地想起许多人,想到最多的那个人就是陈刚,恍惚中都是他的背影,就是看不到面孔。陈昌爹那一辈真算是家道不幸:陈昌娘生了孩子没几年就生怪病去了;陈刚爹好好一个中学老师,算是家里顶梁柱,出了车祸没救过来;陈刚娘年纪轻轻一狠心舍了陈刚远嫁了。村里人都说,这大概是祖上损了德,说是爷爷年轻时欺男霸女,不可一世。这些事都是茶余饭后的谈资,陈昌无心追究其真伪。大巴车一直拉着窗帘,他都不知道外边大雨滂沱,直到车窗缝里渗进的水把他半边袖淋湿了。他坐的是一辆过路车,提前跟司机师傅交代过,在山脚下,押车的小伙子摇醒了陈昌:"大哥,到了,下吧。"

陈昌看了看外边,雨没有要停的迹象,天刚擦黑,远远有个人影过来大喊:"昌娃!"是堂兄,他穿了一件黄色的雨披,露出大半张脸,胡子是新刮的,瓦灰

■ 集散地

色的浓密的胡茬。陈昌把两个箱子递给他然后下了车:"等了好久了吧?""嗯,落雨了,就早出来会子。你来的时候上海没有落吧?"陈昌说:"那边没落雨,晴得很呢。"陈刚把靴子给陈昌,陈昌脱下皮鞋换上靴子,有点恼:"这路怎么还没有修呀?"土路上一落雨,走起来费劲,还溅一身泥巴点子。陈刚把箱子扛在肩上,走在前边,陈昌跟在后边,都仔细着精神走路,陈刚一边走一边回头说:"这段路先将就着走,明年回来就修好了,这回动真格了,上边拨款了。"陈刚好像为这事很歉疚,这让陈昌觉得刚才的抱怨有点矫情。这条路就是发了大水,陈昌也能按原路游回家,他和陈刚两个人一起打猪草的时候这条路至少走了五年,少说一千多个来回。陈刚个子比陈昌矮一头,身材矮小,从背后看起来颇像父亲当年的样子。

　　陈刚说咱家新起了两层楼房,他指给陈昌看,在雨幕中看过去,红色的玻璃瓦被雨水冲洗的簇新锃亮,一派洋气的欧式风格,陈昌说:"哥,这房子比老屋气派多了。"陈刚说:"村里人都盖新楼房了,不独咱家,不起间像样的房,不是白混了?"陈昌的堂嫂亚红就站在楼前,像一个道具,兄弟之间可以握手拥抱表达想念,跟嫂子就只能点头微笑表示自己回来了。亚红等他们俩踩着门槛就点了一盘爆竹,红色的纸屑沿路翻飞,硫黄的味道熏得陈昌直流泪。陈刚看见了,撂下行李,挽着陈昌的胳膊进了房子,他一定以为陈昌是念旧触着伤心处了。亚红问:"小杭怎没一道回家?"陈昌说:"她娘家今年有点事情要忙。"亚红略带遗憾地说:"一起回来多好呀,人多了才热闹。我去弄点热水,先洗个脸。"亚红比从前丰满了,腰肢粗浑了,大概是生了两个孩子的缘故,肤色黑了些,手脚都有做庄稼活的痕迹。她成为陈昌嫂子六年多了,刚结婚的时候,陈昌跟她说:"咱们从小一块长大,我还比你大几个月,喊嫂子叫不出口呢。"亚红说:"实在叫不出就还是叫名字吧。"亲戚们都经常说,如果不是陈昌考上大学,亚红没准能嫁陈昌的,这话说多了几次,陈昌就打断他们,觉得对堂兄不公平。小杭和亚红也有那么些相似的地方,做事干练、顾家,找小杭的时候是不是参考了亚红,陈昌也说不清。带小杭回来的时候,她入乡随俗,处处跟亚红讨教,非常亲近。父亲在世的时候,对儿媳妇的唯一要求就是要顾家,陈昌爹说:"女人光好看没用,得顾家。"结婚以后,和身边朋友们相比,陈昌的日子过得滋润、舒适,不得不佩服陈昌爹的过人之处,这抵消了陈昌对爱情的许多空洞幻想。

二

亚红撇下陈昌和陈刚,一直在灶上忙,炒菜的铲子和铁锅之间锵锵的声音一阵轻一阵重。除了做饭,亚红还要准备不少过年的吃食,年一过,亲戚朋友来往起来再临时准备怕是来不及。娘去得早,陈昌就没见过女人在家灶堂里煮饭的光景,只见过爹锅里一把铲子锅底一把柴的,星火从灶里冒出来,爹就咳咳地喘气,一点美感都没有。以前陈昌总想着家里有个煮饭的女人,灶堂里该有多风光呀。

陈昌和陈刚多喝了几杯,陈刚酒量一般,酒劲一上来就成话痨:"昌娃,该生个孩子了,不管怎么样,有个孩子总归是好的。"陈昌这几年过得确实有点逍遥自在,生孩子这样的事情从来没有人耳提面命地唠叨陈昌,和小杭达成一

■ 集散地

致,对于养育一个孩子他们好像信心不足,而对成为严格的丁克一族似乎也犹豫徘徊。"你不是有孩子了吗?咱家的祠堂有你就挡事了。"陈昌说。"昌娃,那一样吗?啊,那一样吗?"陈刚可能借着酒劲有点大嗓门,这倒让陈昌始料未及,蔫人出豹子,老实人发火可没有什么底线。陈昌一口喝干了满杯,有点赔礼道歉的意思:"哥,这几年,对不住你了。""明天等你侄子回来,咱们一起去坟上,这几年都是我一个人去,别人都是拖家带口的,凄惶得很。"陈刚好像擦了一把泪,"过年就得有过年的样子,明天的事我都排好了,先去坟上,晚点去庙里。"

亚红烧了一道陈昌最喜欢的糯米疙瘩端上来,放在陈昌跟前,她放下盘就坐在陈昌身边,对陈刚说:"去庙上的时候,我也一道去吧。"陈刚说:"你准备好供品就好了,去那里做什么?"亚红有点不悦:"去庙里能做什么?"陈刚借着酒劲嚷起来:"男人去就够了。"亚红脸上有点挂不住,也不好回嘴,甩手进了里屋。因为一路舟车劳顿再加上喝了几杯酒,陈昌脑子有点浑,陈刚一嚷嚷把陈昌吓醒了。陈刚一向谨小慎微,用陈昌爹的话说就是,赶不上架的鸭子,八竿子打不出屁来的那种人。以前打架都是陈昌冲在前边,跟亚红结婚以后,陈刚也是被管着的,今儿可是有点反常。"你们吵架了?"陈昌住了手里的筷子,盯着陈刚。"没那事,喝酒,明天你晚点起,我先早起去接你侄子,他回外婆家了。"陈昌醉醺醺地进屋睡觉的时候,亚红跟进来给陈昌铺床,陈昌问:"你跟我哥吵架了?今天他有点不对劲呢。"亚红说:"赶紧歇着吧,坐了那么久车。"

陈昌确实喝高了,在来的路上,陈昌还一直在想多年不回家,猛一回去,多少旧事新愁一起聚在心头,得有多少不眠之夜啊,可当天夜里陈昌就睡着了,像一头猪一样埋头大睡,第二天早上9点多才睁开眼。

陈刚对着洗漱的陈昌说:"时间不早了,咱们就别去接你侄子了,晚上挂个电话叫人送回来。"亚红收拾了两个包袱,陈刚硬不让陈昌提:"乍回来走这种路,脚底下没根。"陈昌说:"人还真是越活越娇贵,昨天过石板桥的时候,腿都抖了,哪里像从前一路小跑过的桥呀。"家里的坟有两处,最近的是村后大爷的坟,远得要到香山背后的山丘上,七里铺附近葬着爷爷奶奶,"文革"的时候时兴远葬,爷爷奶奶就葬那里了。以前跟爹一起来上坟,他来一次说一次葬爷爷奶奶的事,"文革"的时候破除迷信,举行了追悼会,连个法事都没做,怕孩子们忘了似的:"我以后老了,也不要做法事,土葬火葬都行,就葬这里,过年过节来看看。人死了啥都没了,就是给你们留个念想,今年我带你们来,以后你们带孩子来。"

坐在爹坟前的空地上,屁股一会儿就湿漉漉的,陈昌还是想多坐一会。洒了两杯酒,点上香,陈刚在旁边点了爆竹扔出去,噼噼啪啪地响成一片,他也盘腿坐在陈昌旁边,两个人摆了个八字,陈昌点了一支烟,陈刚对了火接了一支:"再喝一杯吧。"你来我往,不知不觉瓶子就空了。"前几年也没有跟二爹好好说说话,二爹做主把亚红给娶家来,没有二爹说不定陈刚还是光棍一条,这会子也就是喝酒赌钱,现在老婆孩子都有了,可是也没什么大意思。"陈刚说着眼圈红起来,附近都是来上坟的村里人,陈昌的出现,引了不少人的目光,认出是他,隔着好远也会赶过来,问,几时回家的?昨天晚上。陈昌给人上一根烟,陈刚陪着聊两句,又各自回到坟前培土、祭拜。上坟都是赶钟点的,过了时间点,人就少了,陈刚还在低声啜泣,声音非常小,双手伏在地上。一切停当,陈刚头

■ 集散地

埋在干草丛里,陈昌没有叫他,依样拜下去,好像在吸吮大地的气息。感情随着时间的过去是会变淡的,变淡的枢纽就是想开了,日子过得不好不坏,心情平静。陈昌把陈刚拉起来,走了大半路程,好像各怀心事一样没有说话。周围的风景跟五年前也没有什么两样,田里的水都汪着,道路狭成一条条的,干枯的稻子茬顽强不屈地树立着,远处的油菜瑟瑟地绿成一片。

三

陈刚恋土。二十岁不到的时候也跟着打工部队到处闯荡过,但是他做不长,基本上半年就跑回来。陈昌记得爹当年很想打陈刚一顿,但是没有动手,说白了也不是什么大错。后来陈刚退回县城打零工,一周回家一趟,工资不高,但是他能守着家,尤其是结婚以后,他更离不开。有时候他跟人家说,是他的胃不适应外地的饭菜。有时候他说是外地人看不起他,他不愿意看那些脸色。有时候他说,是因为亚红和孩子,其实没结婚之前他就不爱往外走了。

后来他养狐狸、养肉食狗,承包了一座荒山,做上围栏,秋冬时分,城里的人们开始滋补进食,狐狸皮毛也开始需求旺盛,把它们杀掉、剥皮,皮毛就挂在朝阳的山崖上,远远看上去,就像排成行的葡萄的狐狸。狐狸肉附近的居民不爱吃,他就卖给肉贩子,卖到外地去;狗肉都是给火锅店准备的,一早就有下单的饭店来排队取。

饲养跟野生的不一样,饲养的动物都害怕瘟疫,一夜之间,狐狸和狗就开始嚎叫、挣扎。饲养失败后,陈刚就骑着摩托车到处钓鱼,野生的鲫鱼、泥鳅、甲鱼,他准备了一套齐全的设备,像个上班族一样,沿着河汊跑。城里的人爱吃野生的东西,价钱高,乡下有收购点,陈刚技术好,每次都有收获。日子还算过得去,陈昌一直这么觉得。

陈刚说:"亚红要和我离婚。"

陈昌心里一惊:"为啥?"

"今年打牌输了不少钱。"

"多少?"

"房子、地和亚红都输了。"

陈昌以为自己听错了:"这是什么话?什么年代了,怎么还有输老婆的说法?"

陈刚说:"赌红了眼……"

"这个做不得数的,别开玩笑了。"

"我写了欠条。"

陈昌第一次觉得特别讨厌他,真想敲开他的脑袋看看里面装了什么,怎么会有这些滑稽的想法:"老婆不属于你,你没权输掉她!"

"我知道。问题是,现在大毛天天追着要。"

陈昌烦躁起来,扔掉手中的烟:"别再说这事,再说我揍你。你就是法盲,白瞎你还做么多年生意,你用脑子想想再说话。"

自从陈昌离开香山后这是第一次听到大毛这个名字,陈昌差不多已经忘记有这么个人了。大毛是个方块头,村里人都说他脑子不灵光,走起路来像架

■ 集散地

机器,念书的时候一看到数学题就怵,喜欢跟在陈昌后边等陈昌写好作业再拿来抄。大毛对陈昌一直是刮目相看的,即使陈昌打过他,他还是一如既往地跟在陈昌后头,好像跟陈昌有许多话要说似的。那些年他们只是从村东头混到西头,窝在墙角偷偷抽烟,对着新婚的媳妇大喊大叫,直到陈昌读高中,大毛就再也不跟着陈昌,他跟着做木匠的爹做生意去了。

陈昌说:"我去找大毛。"

陈刚说:"这事我自己处理,你就别掺和了。"

陈昌呛他一句:"你能处理明白,就不会做出这种荒唐事来。"

回去的路上,陈昌和陈刚一程无话。陈昌说要去庙里送份子钱,他心里特瞧不上陈刚,一点脑子都没有,去庙上有个屁用,陈刚悻悻地一个人朝家走。离了陈刚的视线,他直奔大毛家,大毛家房子门脸翻修了,里边还是老样子,屋里光线暗得只看见人的轮廓。他立在门口叫了声大毛,大毛爹探出头来问:"谁呀?"

陈昌说:"叔,我有事找大毛。"

大毛爹指了指二楼,陈昌拾级而上,哗啦哗啦搓麻将的声音,还有高声叫牌的声音从窗户里传出来。他推开门,好几张桌子,用屏风隔开,有扑克,也有麻将,一股烟酒凝滞的气息。陈昌叫了一声大毛,正在打牌的人,有从前认识的,他模模糊糊记得略微熟悉的面孔,也有不认识的,可能是外村的,大毛抓着一手牌就出来了。看清楚是陈昌,大毛回去丢下牌:"哈,找事的来了。"牌桌上响起一阵笑声,接着就被聒噪声压下去了。

陈昌和大毛是一前一后走到河沿上的,陈昌说:"大毛你他妈忒不地道,这种事你也做得出。"

大毛说:"昌娃,这事我和你说不着。"

陈昌说:"大毛,你得知道,换了别人我不会说这么多废话,我们是一起玩大的,一个碗里吃饭,一个茅坑拉屎,什么事没一起干过?"

大毛说:"这事我不和你说。"

陈昌说:"那你跟谁说?跟法律说?你脑子进水了吧?荒唐得让人都不敢相信……你要了那些不值钱的房子、地和亚红回去干吗?你又不是没老婆孩子!"

大毛把烟掐了,扔在地上,用脚碾了几下,转头就走。陈昌就是在他转身的时候,给了他一拳,朝准了后脑门抡过去的。陈昌和大毛很笨拙地在河边扭在一起,呼哧呼哧地喘气。这是陈昌和大毛的第二次打架,这次和前一次不一样,前一次是十年前了,那年夏天连续大雨,田里的水淤积太多,大毛偷偷把水泻到陈昌家田里,那时候陈昌身手矫捷,滚在泥汤里连抓带打,还夹杂着李小龙的拳法,旁边有一堆观众呐喊助威,开始是火气,后来表演的成分占了上风,最后陈昌把大毛摁在水沟里,大毛讨饶认输。这一次,陈昌和大毛两个人都有点力不从心,最后俩人都滚到河里。说是河,其实一到冬天就是条细长的水沟,岸比较深,他俩从坡上半滚半滑地战到河底,河水渗进棉衣里,冷到刺骨,沉甸甸地往下坠。大毛骂骂咧咧地说:"龟儿子,先背后偷袭我,就你这样的能打过我?"大毛的手像钳子一样箍住陈昌的双手,他个头超陈昌一头,块头也蛮横得能装下陈昌,大毛把陈昌甩在坡上就攀爬上岸,不知道哪根筋不对又回来伸给陈昌一只手。陈昌看了看自己的啤酒肚和开始抽筋的腿,觉得自己可能上不去，便拉住那只大手上去了。大毛没有给陈昌正脸，两只手攥在一起拧裤腿上的水，他窝下身子，从裤脚拧起。陈昌说:"大毛,黑心、窝里斗是最没意思的。"

大毛发出喊的一声冷笑:"谁跟他斗？他那一堆以后都是我的。"

"你这是犯法！"

"输不起就不应该玩。他只要还在这一亩三分地混，就得说话算数！有本事滚出这里。"

陈昌站在河沿上，身上的水贴着皮肤，风从对岸吹过来，一阵急一阵缓，赶上急的那阵噎得陈昌呛出了几颗眼泪。"大毛，我恨死你们这种赌博的王八蛋了!""你哥也不是好东西，他赚钱的时候怎么不叫？输不起就不该上桌子。"陈昌读初中以后就没有流过泪，这与陈昌爹的教育有很大关系，陈昌家在村里算是人丁不旺的，陈昌爹经常对陈昌说:"儿子，到时候老子一闭眼，除了陈刚你就满世界没有亲人了，哭也没人管你，莫要哭，丢人现眼。"后来陈昌理解他的意思就是哭只会让亲者痛仇者快，遵照陈昌爹的教育陈昌几乎从来不流泪，陈昌甚至以为自己已经失去了流泪的功能，包括在陈昌娘的葬礼上，陈昌的脑壳被爹骂骂咧咧敲得火冒金星，陈昌都没有像大人们期望的号啕大哭。

大毛说:"你哭个什么劲？像个娘们。"陈昌说:"大毛你跟谁赌都行，你不该跟我哥这种老实人玩阴的。你在咱这里从小到大，你吃粮食长到现在，眼长在脑门上什么事没见过，可你不一定见过我哥这么命苦的，你要是这么做，你摸着良心问一下有意思吗?"大毛扭头就走:"讲这个有意思吗？我自己赌了都不作数，我场子还开不开了?"他的胳膊肘顺带着轻巧地推了陈昌一下，陈昌就一屁股坐在地上,大毛似乎没有听见陈昌的话,一路滴答着水滴回家了。

　　大毛的老婆是个壮硕的女人,刚相亲的时候差点被陈昌搅黄了,其实在本质上陈昌是无意的。大毛爹是一个手脚麻利、技术高超的木匠,他最擅长做八仙桌子和家家户户都用的长条凳,家里摆满了各种簇新的还没有成型的凳子、桌子、解成片的木头,锯末的干呛味穿过整条大街。后来他也学习了新的花样,仿照别人家的新家具也做得有模有样。大毛是个不成功的木匠,他爹说老生子头脑不灵活,实在上不了路,大毛就靠着他爹赚钱在大街上溜达,夏天钓鱼捉虾,冬天摸牌起腻,有时候他也去趟城里给他爹找点新家具的图样。这些都不能阻挡大毛一家最快步入了较早富裕的人家行列,到结婚年龄的时候,大毛爹的名声和略有资财起了巨大的作用,在别人都愁房子愁钱找媳妇的时候,有一家老主顾看中了大毛的家庭,把女儿几乎是送上门来。

　　大毛像每个毛手毛脚小伙子一样,满脸红光,结婚就是按照程序来的一件事。但是大毛多了一道程序,他在一天晚上蹓进陈昌家院子,陈昌正在看书和背英语单词,那年陈昌特别想考上大学,觉得自己的命运就在这些书上。大毛把那个女娃的照片给陈昌看,婴儿肥的脸蛋,五官紧紧凑凑地把腮部的肉显得更多余,虽然只是半身照,胳膊浑圆还是能看出来的,没有什么可看的,和陈昌在书里看到的爱情小说中的女性根本不搭边。陈昌就跟大毛说了一些和爱情相关的话,其实没过几天陈昌就忘记了。

　　后来大毛就要求退婚,陈昌从来没觉得是自己的话起了作用,退婚的理由是,大毛觉得亚红才是他爱情的对象。村里的人都笑他痴心妄想。村里所有的人都毫不犹豫地支持他赶紧结婚,他们不管那个女的长什么样,但是他来找陈昌,陈昌觉得首先是他自己心里不确定,来找自己不过是重新确定一下自己的想法。大毛回去就跟家里提出退婚,不过退婚的举动激怒了大毛爹和女孩家的长辈,大毛像待宰的鸡扑棱了几下翅膀,闹腾了没几天,还是和那个女人结了婚。

四

　　陈昌皮鞋里灌满了水,裤子也湿了大半,还有脑袋里肿胀的晕眩感,脚底下一冷,背上也发紧。陈昌爹常说三岁看到老,大毛是什么人,一条道走到黑,不知道转弯的脑子。有一年大毛到城里去打工,过年走亲戚的时候,有个想炫耀下自己见识的长辈问大毛:"你做工的地儿在什么路上?"大毛说:"在南北路上。"据当时在场的人说,老头子气得扭头就走了,背后说,大毛少片子心肝。这事后来四里八乡差不多都知道。农村在礼节上对接人待物的语言要求很高,妥帖不失礼,严丝合缝,最好还要有点幽默与感染力。但是大毛像天外来客一样,他根本养不成遮遮掩掩的毛病,要是对陈昌不满早就跳脚骂陈昌祖宗八辈了,不会等到现在。

　　这时候回去难免要被亚红问这问那的,他觉得亚红也不愿意提这件荒唐丢人的事。这几年陈昌的脾气渐渐平和,遇事知道三思而后行了,得避开自己的气头,这毕竟是堂兄的家务事,陈昌得听堂兄的意见。在北方读了四年大学后,陈昌就有点不适应家里湿冷的冬天,膝盖有点隐隐作痛,只好找个树墩坐下来。这算个什么事呢?这确实不算什么事,如果放在陈昌身上的话,这种事完全不会发生。除了去找大毛打一架,陈昌没有更好的办法,而且这个办法已经被陈昌在二十分钟的时间里试验完毕,以陈昌的通体失败告终。陈昌无论在精神上还是身体上都被羞辱了。

整个村子因为新盖房子的原因,差不多都西移到河下沿了,陈昌是先看到了一缕呛黄色的炊烟才决定去老房子转转的。炊烟升起的位置,约莫是村主任家的住处。白墙黑瓦疏落地挤在河上沿,村里人从前些年就开始不断向河下沿迁居,几年过去,上沿的老住户应该没几户了,没有人气的地方连空气都多了点黄灰色调子。陈昌一路走去都没有遇见人,冒烟的人家正是村主任家,村主任就在门口。他年纪和陈昌爹差不多大,辈分高陈昌爹一辈,排行老八,年轻的时候是行伍出身,走路有架势,威风凛凛,带一队人出门修水库,进地里收庄稼,也算是前呼后拥的光辉岁月了,"八爷"就成了一个颇有本色的称呼。

八爷穿着又黑又厚的老棉衣,咳咳的,整个身子佝偻着坐在堂屋门槛上抽旱烟,他也看见陈昌了,迎出来说:"昌娃回家了咯!"

"刚回来一天,出来遛遛神。"

"家里没人,都去庙上了,进屋坐会子吧。"

陈昌掏出烟递过去:"就站这儿说吧,没甚大事。"

八爷没接,他举了举手里的烟袋说:"刚来了一袋,嗓子发干。"

八爷见到陈昌明显有点伤感,说起自己老儿子过年回不来了,说起陈昌爹,沮丧地说:"老家伙,早早地走了,他倒是清净了,哎哎……"陈昌不好打断他的谈兴,但也实在无兴致听这些车轱辘话。

"我哥那边有点事,得您出面说句话。"

"啥事?你哥还央你一早来?"

■ 集散地

"这个村的男人连礼义廉耻都没了!"

因为实在无法说出整个事的来龙去脉,陈昌迸出这句话,心里别扭着的一根筋一下就解开了。

陈昌把堂兄与大毛的事情说了一遍:"您是怎么个说法呢?"

八爷耷拉下了脑袋,像是在思考,也像是睡着了:"现在不比从前,若是从前,照我的脾气,打断这些赌博人的腿,做的这叫什么事?不谋生产!现在我……说话不顶用了,没人听了。这事按理得管管,不管岂不乱了套,怕是真管不了哟。大毛要,不给就行,他难道还敢抢?政府会办他。"

曾经显赫一时的八爷就是在河东沿的条条街巷里游街了一个不检点的媳妇,那时候陈昌还在陈昌娘背上,至于是谁被游街的都记不得了,不过当时确实是人声鼎沸、热闹非凡,男男女女一条长龙似的从下河沿拥向上河沿,陈昌在陈昌娘背上回转头就看到了这一幕。现在,他说自己没用了的时候,陈昌的脑子就迅速切换到那一天,好像是在回味一个节日。村主任站在上河沿的碾盘上,高声大喊:"只要我在这个村里,你们休想不规矩!"村长后来因为这事闹得太大进了拘留所,陈昌爹不止一次带着骄傲的表情说起,一个年轻的镇长大发雷霆,大骂:"刘老八你真是无法无天,党白培养你这么多年。"八爷自始至终没有认错,被关了不到两天,村里人就浩浩荡荡去保他了。不过说来也怪,村里好像自此就再也没有出过类似的事。

八爷说:"这事先容我想想,别去搅大毛他爹,年纪大了经不起事了,实在不行就去找派出所王办事员,他管咱们这片,让他来敲敲大毛的脑袋。我老咯。"村主任哆哆嗦嗦地从抽屉里拿出一张名片:为人民服务 鸭滩镇派出所 王卫东。

从村长家出来,陈昌缓慢踱步朝村外走去,香山一代已经开始模糊,好像天空是从那里拉下帷幕的,山脊上有几个跟跟跄跄走路的影子,夕阳整个儿泄了气,打在他们身上,红的红,黑的黑,一片一片地搭到河沿上。

五

接那张名片的时候,陈昌根本没想到这么快就见到王卫东,或者说根本没想过去见他。陈昌回家的时候,堂屋里就坐着一个穿警服的男人,比陈昌年轻,把玩着黑壳手机,陈昌一进门,他就站起来了,好像有点紧张,由此陈昌判断还是个新手,警龄应该不超过两年。他说:"你好。我是负责这片的王卫东。"陈昌就伸手过去握了一下,因为怀疑他不会吸烟,陈昌就懒得上烟。两个年龄不到三十岁的年轻男人在完全预料不到的情景下见面,还真有点不知所措,如果在别的地方比如饭店或者聚会的场所,他们能迅速地彼此滑过,或者迅速地寒暄、熟络起来,而现在他们只感到屋子的面积在一寸一寸地压缩。

"我找这家大哥有事商量,嫂子出去了,你是这家大哥的亲戚?"他打破了一瞬的尴尬。

陈昌说:"是堂弟。"

陈昌能感觉到警察开始打量他了:"那么,这事其实也可以和你说说,早先,你哥去所里找我问赌博的事,我当时着急出警,没来得及细说,快过年了不能留个事尾巴过年,顺路过来问问。"

陈昌给他的杯子加满了水:"王警官,定罪不定罪不是重点,重点是这种风气得刹住。大毛这种浑不懔的人,完全没办法讲道理。"

他点点头,却说了一句:"你哥和大毛最好自己解决,法律条文很清楚,执行得靠自己。"

"是!乡村的事情难办就在这里。不过赌场这种东西得制止一下,不然以后……"

"哎,你不懂,真不让他们玩玩牌,也可能会滋生别的事啊。"

说完王卫东就沉默了,一口一口抿着嘴喝水,陈昌知道他是在拖延时间等堂兄回家,因为陈昌毕竟不是当事人。

去庙上的路不是很长,但是逢年过节,几乎人人都抽签打卦,卜一下来年的运气,时间就不好算了。左等右等,王卫东年轻没有耐性,就问陈昌要烟抽,这种身上不带烟的男人,多半没有烟瘾,陈昌丢给他一支,点上。他看起来很想说话,一边猛抽一口,一边站起来走来走去:"其实,这种事我遇见的多了去了,大多是来问问,真要处理起来,顶多就是调解调解,不合法的那头断了想法就过去了,较起真来一点用没有……"

王卫东猛抽一口烟,继续说:"你放心,大毛也不敢过分乱来!和谐和谐,最主要是大家都过得去日子。动刀子、跳河寻死,别说你们,我过年还要不要过了?"

王卫东看看手表说:"我得走了,下个村还有事去处理,这事你们就妥善处理吧!别动粗,别意气闹事,我这个年真想安安稳稳地过。"他苦涩,还有点不好意思地朝陈昌笑一笑,就出门了。门外边有发动摩托车的声音,轰轰隆隆地一阵烟似的飘走了。

陈刚回来的时候,陈昌被吓了一跳,亚红和大毛跟在后边,陈刚对着亚红喊:"锁上大门!"亚红就回去噼里啪啦地拨弄铁锁。大家谁都没有正眼瞧陈昌,好像陈昌根本不存在,他们径直进了里屋,还把房门反锁了。

先是陈刚像狼一样的哭喊声,咚咚的捶打声,夹杂着亚红的号哭"别打了,要出人命的"。陈昌把房门踹开的时候,看到陈刚脸上有鲜红的五个手指印,他转身避开陈昌的目光。大毛头上的血滑到脸颊上了,亚红被他们挡在身后。

大毛走了以后,亚红弟弟把小侄子送回来了。小侄子已经有一米高了,正是调皮好动的年纪,一个人回来像多了好几个人一样,有一种挡不住的热闹。虽然如此,实际上年过得寡淡无味。整个过年期间,陈昌一直都在劝说陈刚离开,带着老婆孩子出去找份工作,惹不起躲得起。春种秋收,敬神上供,也只是一种生活,你在这里也活不成一朵花。陈刚不置可否,只是喝闷酒,亚红忙忙碌碌、骂骂咧咧。

大毛年后没再上门要房子要地要亚红,但放话出来,亚红可以不要,房子和地得撤出来,不给就找人打上门去。陈刚只有后悔与懊恼,真让他给,他也断然不会给。不给,大毛就不让消停。

陈昌离开的那天,陈刚还没有做出决定。两兄弟一前一后,亚红和儿子站在门口,孩子看起来弱小而沮丧,他年纪那么小,仿佛已经知道了家里的事。宝蓝色的天空被飞机划出两条灰白色的平行线,像趴在地上的两根烟囱不停地吞吐着二氧化碳,前端向前继续推进,后端已经开始消弭成一团。

■ 集散地

■ 062

■ 桑园会

　　小艾是被饿醒了,眼睛被眵目糊粘得睁不开,拿双手搓来搓去,一骨碌滑下床,推开门坐在门槛上,叫了声妈妈,妈妈像蚊子哼哼一样答了一声。妈妈还在生病,小艾跑出院子,爸爸!爸爸!小艾从篱笆缝里看到爸爸手里拿着吊水的药瓶、圆桶状的纱布,奶奶在灶上烧水,热气缭绕得像神仙家。爸爸把一碗稀饭给妈妈端进屋,妈妈摇头不吃。小艾拨开被子看到妈妈头发粘在额上,脸白兮兮的,爸爸拉扯着小艾出来。

　　爸爸说:"送你去姥姥家住一阵子吧。"

　　小艾说:"不想去,妈病着呢。"

　　"家里有我呢,姥姥家正唱戏呢!你不是爱看戏吗?"

　　小艾想起以前看的一出戏,两员大将在舞台上追来赶去的,挥舞着手里的剑、策马、翻筋斗,身后像竖两排翅膀,转来转去。小艾还看不清楚是什么戏,看的时间一长就哈欠连天,姥姥就把她揽在怀里拍,小艾一会就睡着了,梦里花花绿绿的人出来喊喊杀杀的。小艾想起姥姥的邻居小鲁,骑着一根木棍做的木马飞来飞去,一起看戏少不了他,在戏台前跑来跑去,惹得姥姥去小鲁奶奶那里告状,他才歇一阵。

小艾说:"好吧。"

小艾把自己的衣服折起来,妈妈教给她叠衣服的方法很好学,她犹豫着要不要跟爸爸要个包,她不想用书包装衣服。

爸爸说:"别磨蹭,送你回来,爸爸还要去给妈妈拿药呢。"小艾心里很委屈,把红色书包里的两本图画书拿出来,压在枕头底下,然后一件一件把衣服和袜子装进书包。爸爸在给自行车充气,鸡在门槛外边踅摸,好像在观察里边的动静,大黄趴在门里边,太阳已经射进来了,它闭着眼睛,头反缩在肚皮上,守了一晚上家好像累着了。

"爸爸,姥姥家有多远?"

"你不知道吗?还问?"

"我是说,有多少里?"

"上几天学长见识了,十里。"

"十里啊,我们走多长时间到?"

"一会就到。"

初春的天气还有点冷,小艾坐在车子前梁上,一路颠簸得屁股发麻,她就趴在车把上,车把震得她耳朵嗡嗡响。

"爸爸,一会到了吗?"

"快了,马上到。"

小艾眼皮沉重起来,路两旁的白杨树一棵一棵往后移动。

"爸爸,我头晕呢。"

■ 集散地

　　小艾是困了,小孩子食困。
　　"别睡着,睡着了容易感冒,感冒要打针的。你不是会数数了吗?数数杨树给爸爸听,数到一百棵就到姥姥家了。"
　　小艾直起身子,一棵、两棵、三棵……小艾数一阵瞌睡一下,被爸爸叫醒然后接着数,到姥姥家的时候,小艾像瘪了的气球,满脸的不高兴。爸爸和姥姥像有秘密一样,撇下小艾进屋里说话去了,声音很小,他们说话的时候,眼睛似乎在看着小艾,小艾就更不高兴了。小艾走到核桃树下边逗小灰狗,小灰很兴奋,挣扎着想亲近她,她把手伸出去,小灰的舌头温热地滑来滑去。蚂蚁在搬家呢!要下雨了吗?小艾看了看天,除了太阳什么都没有呢!小艾听到院子外边有小鲁说话的声音,撂下小灰和蚂蚁就跑出去了。那声音已经拐弯,直接进了另一个巷子,小艾就大声喊:"小鲁,等等我。"小艾像蝴蝶一样飞进另一个巷子。可是小鲁跑得更快,能听见不止他一个人,脚步嗒嗒嗒嗒地响成一片,好像在追赶什么东西。小艾认得这个巷子,深处的那家是山主人的房子,靠墙有一棵丁香树,春天的时候走到那里就可以闭眼闻一会儿香气。巷子尽头是磨坊,门前有一棵夹竹桃,姥姥说过,夏天不可以走近它,下边有蛇,吐芯子吃小孩。小艾觉得自己的鞋挤脚,怎么赶都赶不上前边的人。小艾突然想起姥姥说过,有许多鬼为了引小孩子,就是这样的,一直嘻嘻哈哈在前边跑,小孩子就在后边追,追到荒郊野外就会被骗了。小艾像发现了诡计似的停下来,原路返回。爸爸已经走了,红色的书包斜挂在墙上,小艾心里很委屈,刚才追小鲁没有什么结果,爸爸却在这个空当里走了。姥姥说:"一头汗,跑什么呢?"小艾赌气似的不理会姥姥,爸爸走都不叫回她来,她也有点恼爸爸,一个人回到核桃树下看蚂蚁搬家,小灰也不理会她了,小灰在睡觉呢。

姥姥给小艾一个苹果,小艾就坐在马扎上用力啃苹果,啃一口就休息一会儿,好像在等待消化一样。小艾把果皮都嚼碎了咽下去,姥姥最不喜欢吃东西不干净的孩子,最不喜欢挑食的孩子,爸爸已经告诉过她了。姥姥在做一种叫作豆瓣酱的东西,她把一个罐子放在太阳底下,搅了搅,看了眼小艾,说:"快点吃,天黑了去看戏,你得先去睡个觉,别到时候睡着了,我抱不动你。"小艾觉得姥姥确实抱不动她了,姥姥又瘦又小,背还弯了。她就爬上姥姥的大炕,脱了鞋,拉了被子盖在身上,白天睡觉很难,就是睡不着,想起刚才追小鲁的事,白天应该没有鬼吧,真说不定。

一

从前过夏天的时候,小鲁戴一个黄色帽檐的太阳帽,蓝色的太阳镜,他的东西谁都不许动。小鲁很霸道,姐姐们叫他国舅爷,国舅爷,他虽不明白那是戏文里的坏蛋,但也知道不是好话,翻白眼睛生气乱打乱闹,还会咬人,姐姐们即使被他咬了手指,也不会打他。五岁的小鲁还要被姐姐背着走,小艾有时候很羡慕他,有一次抱住妈妈的腿不想走路,妈妈说:"你忘记妈腰痛进医院了吗?"小艾就不情愿地挪开手自己在前边走。小鲁有三个姐姐,大姐姐每天午饭后赶一群羊上山,在太阳斜照过来的时候,山与家的距离就特别近,能看到一个小姑娘坐在石头上,像一个菩萨,身边围着一群白色的灰色的红色的羊,它们咩咩地叫,有的不听话,落在后边孤独地凄嚎。小艾知道那群羊放在山上就像天边的云彩,一回到家里就骚臭难闻,没进巷子口就能闻见,小鲁大姐姐

■ 集散地

身上也有那种味道。二姐姐很少出门,她在家洗碗做饭,有时候去大队刺绣班绣花,她家的茶几上白色的镂空苫布就是她自己绣的,她还做了许多鞋垫,花样都是番石榴,姥姥说:"这个丫头怪呢,别人都绣鸳鸯戏水,牡丹呈祥。"二姐姐并不答话,她就爱抿嘴笑。小姐姐几乎见不到面,一大早就出门上学,小学校的钟声响的时候,小艾经常跑到门口像等待一个客人一样,每次小姐姐都一溜烟跑过去,并不和小艾说话,仿佛时间来不及了。小姐姐跑的时候斜着身子,一只手抓紧书包,一只手提着裤腰,似乎担心裤子会滑下来。姥姥说:"这女孩走路不稳,像烧火丫头杨排风。"姥姥喜欢品评孩子,三岁看到老,三岁是什么样子,一生的路就都在里头了,准不准呢,八九不离十吧。姥姥从来不评点小艾,小艾也不问,姥姥跟别人说小艾脾性不好,小艾既盼望又怕着,不知道哪一天姥姥可能就说小艾你像甘罗。姥姥最喜欢甘罗拜相的戏了,她一遍又一遍地讲。姥姥最不喜欢小鲁了,大概是小鲁不像甘罗,而像混世魔王的国舅爷。

二嫂子下河那天,小艾、小鲁和三个姐姐一起跑出去的,他们都听到了哭叫声。河沿上围了里三圈外三圈,有的扛着锄头,有的手里拿着擀面杖,挽着袖子,大家都是闻讯赶来的。二嫂子不知道是谁家的二嫂子,大人小孩都这么叫的,先前她疯过几回,送到精神病院去了,回来后,走路的样子、神情大为改变,走起路来拖着脚,缓慢得像乌龟,眼神呆板,偶尔笑,笑起来很勉强。大人们都说,人在医院里受了电击,吃了那么多药,身子就轻飘了,跟踩在棉花套子上似的。二嫂子以前据说很会识文解字,不知道什么来路,只知道娘家在关外。一个女子远远地嫁过来,凭空断了跟娘家人联系,婆家还有一些恶人,就憋屈出病来了。想来,她真是个可怜人。农村的女人可以没有钱,没有美貌,但是万万不能没有娘家,不然你到哪里去说说委屈呢?

小艾跟在姐弟四个后边,小鲁趴在大姐姐背上,支棱着头,跟着人群往前移动。小艾什么都看不见,只能听到前头的大人在喊"二嫂子,上来呀,上来呀,冷哩""收线,收线"。小艾在人缝里看到岸两旁的人扯了绳子想把二嫂子赶上岸来,二嫂子光溜溜地站在河里,对着岸上的人笑,一边泼水一边往河中央走,每走一步,岸上的人群就呜地喊一阵,似乎是心悬的声音。以前河里赶鸭子、鹅的时候都是用这种办法,鹅和鸭子都恋水,下去就不上来,主人一味想着它们能在池塘里多吃点野味下蛋,结果都下在水里了,想着就心疼,就想了这办法,傍晚就扯了绳子,两个人搭帮把它们赶上岸。寒冬腊月的,大家焦急归焦急,始终没有人下去救她,直到二嫂子一跤跌倒在水里,一袋烟的工夫都没有再冒出头来,岸上的人就哎呀哎呀地喊起来:"会出人命的,下去救人吧!"一个白胡子老头有点生气,岸上有几个人向池塘滩上跑,二嫂子的男人也被人从家里喊出来了。这个男人还算年轻,身材矮小,但已经头发灰白,小艾见过他几次,他走路总是低着头,少言寡语的,没有一个支撑家的女人的男人难免这样,姥姥总是这样叹息。

一个男人慌慌张张地牵来一头毛驴,毛驴头上扎着红色的布条,是主人当闺女来养的吧。几个男人把二嫂子连拉带背拖上岸,把二嫂子横搭在毛驴上,于是人群就追赶着毛驴移动,小跑。二嫂子的头发湿漉漉地搭着,大概很像女鬼吧。小鲁穿着蓝色红花的大棉袄,在大姐姐背上一耸一耸的,大概他觉得不舒服,挣扎着要下来,要回家,小艾和姐姐们都不能违逆,不然他可能发脾气,

■ 集散地

搓脚哭,小艾带着不知究竟的遗憾怏怏地回家了。回家后小鲁一病不起,冒汗嗜睡,家里人苦苦求菩萨保佑,老黄医生也赶过来灌了药水,没有立时见效。后来小鲁算是恢复了,但从此性情不那么暴躁了,家里人说叫观音菩萨摸了一下头,从此行善了。一家人欢天喜地起来,到处当笑话讲着听,小鲁倒是害臊起来了。

二

没(方言中同"母")耳朵舅舅家在姥姥家前排,隔一条路,小艾经常迈出大门槛,看他家的窗户。没耳朵舅舅的女儿有时候会趴在窗户上看,两个人都看见了对方,就说些闲话。没耳朵舅舅的女儿叫新惠。

"你妈呢?"

"下坡了。"

"你能出来玩吗?"

"我没有钥匙。"

小艾跑进院子搬了木凳子,倚在窗户下边,自己踩在上边,从木格子的窗户里伸进手去摸一下新惠的娃娃,新惠无论走到哪里都抱着一个布娃娃,娃娃很旧,有的地方黑得发亮。没耳朵舅娘说过,新惠睡觉的时候都抱着娃娃,没有它就睡不着。小艾觉得新惠是个很奇特的女孩子,基本都在家里,就很少见她出门,几乎不和同伴玩,她只和自己爹娘玩。晚上吃过饭,小姨有时候会带着小艾去新惠家串门,新惠就和没耳朵舅舅在床上玩捉"老鼠"的游戏,老鼠是用手绢叠成的,藏在被窝里,反正新惠只和爹娘玩,小艾也只能看。说到捉"老鼠",小艾就很奇怪地看着没耳朵舅舅,他无论在哪里都戴着帽子,用一条黑色的窄围巾包着半个脑袋,很像春天卖小鸡的贩子,走起路来从背后看又变成一只弓着背的高高的大鸟。姥姥说,他的耳朵只有一只,另一只是在襁褓中的时候被老鼠咬掉了,粮食少的年月,连老鼠都是饥不择食。没耳朵舅娘并不曾生养,新惠是个抱养的孩子。小艾一直不知道什么是亲爸妈,难道亲爸妈就是比不上抱养的父母吗?为什么爸妈就把自己放在姥姥家,而不是像没耳朵舅舅一家一样呢?没耳朵舅舅和他的女人一直都恩爱地过日子,和不生养的婆娘通常遇到的遭遇没有一点相似之处,这一点使得听惯了家长里短的小艾隐隐有点失望,好像故事没有开始一样,而姥姥也闭口不提这个故事的下文。

小艾穿过圆月门,瓮声瓮气地喊:"新惠,新惠……"一个黑色的棉布大衣俯在墙根转过身来:"吃饭了吗,小艾?"小艾呀的一声喊了出来,口里黑洞洞的,红是红白是白的牙齿攥在手里,是没耳朵舅舅呢!他并没有发现小艾的惊讶,回过头继续冲洗假牙,小艾倏忽就跑开了,一路上心毛毛的,没耳朵舅舅怎么有那么多稀奇事呢?新惠的爸爸怎么像一辆零件不全的车?

下次见到新惠的时候,小艾不觉就多了分骄傲。新惠的嘴嘟得特别厉害,跟小艾平平的嘴唇很不同,新惠经常含一个奶嘴,大概这就是她不喜欢和小艾说话的原因吧,她总觉得自己带着奶嘴,仿佛一张嘴就有东西滑下来。新惠特别讨厌小鲁,似乎怕他脏似的,小鲁一碰她,她就噘嘴生气,姥姥说新惠真是个娇小姐脾气。小艾觉得也没什么了不起的,新惠不过是装了义齿的没耳朵舅舅的孩子,不过这话她没敢说出口,哪些话说出去就是讨打的,她好像从娘肚子里出来时就门清了的。

■ 集散地

三

　　甘罗的戏再也没有演。正在演的是什么戏,小艾总想不起来,反正是苦巴巴的,那唱腔总让人想起哭丧的女人们。老皇帝到民间去寻找走失的儿子,仆人称呼那个儿子为九千岁,皇帝孤孤单单的,被朝廷里大臣欺骗,被亲生的不肖儿子背叛了,于是和自己的忠实的老仆人一起到民间寻找自己的儿子。第一天是老了的皇帝和老仆人哭诉的戏,两个老生在台上哭得胡子颤颤的,小艾并不知道他们为什么那么哭,她只注意到戏台下边的一个老太太。看戏的人中孩子和老人居多,老人是因为爱看,小孩子贪吃的居多,或者儿子媳妇为了清闲打发出来跟随爷爷奶奶的,小艾就看到了那个听说过多次的老太太。戴着眼镜,眼镜上搭着链子挂在脖子里,帽子上镶着银饰,长着一张四方脸像个男人——老太太很少有这么大的脸的,姥姥的脸是长条,窄瘦的,小艾认定那老太太是男人脸。还有她的神情严肃认真,身材扁得很,铺在太师椅里似的,旁边坐着儿子和媳妇,她不像其他的老太太要照顾自己的孙子孙女,她是专为看戏来的,没有一个孩子敢在她跟前撒娇闹腾,她目不转睛,连儿子媳妇都不曾和她讲话。

　　她是地主婆。小艾知道地主婆就是地主的老婆,姥姥说山前山后,方圆十几里,一直到小艾家附近都是地主婆家的。地主婆人很好,娘家很阔,年节的时候,喜欢分煎饼给街上的孩子吃。地主婆被斗过,斗的时候就在后街的大槐树跟前,造了一个滑车,把地主婆绑在上边,另一边的人一用力就把地主婆吊到树梢上了,底下的人大声问:"看见了吗,地主婆?"地主婆说:"没有。"底下的人再喊:"看见老蒋了吗?"地主婆就开始哭求:"没,没,让我下来!"

底下的人就自顾自地说说笑笑,并不理会树梢上的地主婆,地主婆终于撑不住了,承认看见了,底下的人就松了手,从大槐树树梢上直接摔下来的地主婆双腿就断了,也许她的脸也被摔成男人脸了。电视上的地主婆都是比较漂亮的,小艾想。

戏台正对着正街,凹在路后头,三边都是气派的宅院,正好空出这块地来,冬天看戏的地方避风才是最重要的。正街头上有几家店铺,都是靠着戏台做生意的,炸烧饼、炸油条、炸糖果子、碳烤饼,其他的就是瓜子摊。卖糖葫芦的小伙子骑一辆自行车,站在看戏的人群后头,一只脚撑地,一只脚踩在车蹬上,车把上竖一个圆柱草把,插满了红红的糖葫芦。他的生意很好,一边看戏一边做生意,拉呱不耽误卖药,中途还要回去再取一次。

小艾每天都要买几样东西吃,不然就觉得看戏没意思。姥姥在回家的路上也像检查似的问小艾看懂了没有,小艾说看懂了,姥姥就不再问,而是自己讲起来,小艾反而觉得姥姥讲得比较明白,看的时候不明白的地方一下子就连起来了。

除了看戏,小艾从来没有见过地主婆,她真是个谜。

四

姥爷去世,一晃两年过去了,小姨已经熟练地做了扎彩铺的主人,扎彩铺就是西厢房的一个房间。姥姥很不情愿女孩子触这个行当,怕小姨的婆家挑毛病。大舅舅有一个半边山的果园。他做了几年中学老师,大概的原因是养不起三个儿女,就回家弄了庞大的果园,一家人基本都吃住在果园里。小艾是不想舅舅做扎彩铺主人的,少了吃苹果和桃子的乐趣。小舅舅坐在供销社的柜台里边卖布匹,柜台除了年节都冷冷清清的,小艾觉得这和柜台是用水泥砌成的有关系。柜台又高又宽,买东西的媳妇都喜欢把孩子顺手放在柜台上,闲开手去拿钱、拿买的东西,小艾很想进去参观参观,小舅舅多半不允许,他表情严肃呆板,几乎不笑,扎彩铺的主人冷冰冰的可不行。

  扎彩铺的生意不错,死人的生意总是好做的,谁能没有生老病死呢？活着费力淘神的,去的时候,就这一回了,那些来不及实现的想法,那些委屈和不甘,如何处置呢？死者已经走了,活着的人难免不落忍,扎彩铺就是愿望得到满足的地方。生前茅屋避风,破衣遮体,饥一顿饱一顿,死后终于有了金山银山,宫殿与侍女,就是那些生前安详、富足的人家也有富贵梦,阴阳之间,有太多比较,人们齐头并肩地把富贵都托付给了阴间。姥姥常和老太太们说,那头（阴间）定是比这边（阳间）好多了,要不怎么去的人那么多,不见一个回头客哩！老太太们都哈哈笑着附和,是哩是哩。

  小姨做得最多的是摇钱树和铺柜,差不多每个丧事主家都要求这两大件,小姨有时候也主动推荐。小姨说话的表情像极了姥爷,安抚与贴心,就像把自己交付给了伤心的来人。具体做起来倒是比较简单和迅速的,摇钱树需要一种枝杈特别多的荆条,用剪子修剪修剪,枝杈打开,架子就设好了,用柔软的黄色纸把每一个枝条都包裹起来。摇钱树的叶子用彩色的纸来剪,黄的、红的、粉的、白的,一条儿挂下来,飘飘扬扬的。铺柜就更简单了,高粱秸搭出长方体的架子,用白色的纸封上,就成了,当然会留一个小孔,是放钱币进去的地方。

最重要的程序是在摇钱树的底座和铺柜的各个面上画画,做画的颜色很少,粉红、黑色、绿色是常用的,看起来就是粉红粉绿的,很像年画,大约人世间的花花绿绿到了阴间更需要浓墨重彩。小姨只画梅花和兰草,大概她自己喜欢吧,或者画起来简单。偶尔小艾也被分配到工作,给所有边框上黑色,小艾知道是不重要的工作,还是认真细致地做着,像在送别一个熟悉的人。

姥姥说:"你只能做到结婚,年轻女子做这个不好。"

小姨只说:"知道了。"

五

姥姥去做迎来送往的女知客了,小艾也跟着,去前街上苗苗家。苗苗长得像一只猫。姥姥说过,苗苗的眼睛像玻璃球一样,泛着蓝色的光。苗苗五岁了,有一个块头很大的哥哥,经常耀武扬威地在大街上晃荡。老太太们喜欢在南墙根下晒太阳,见到苗苗哥哥的时候,就呦呦地喊,真像鬼子。那天他们的爸爸归天了,是上吊死的。小艾的心像被蛇咬了一口一样,几乎叫出来。他应该成了吊死鬼了,吊死鬼是一种比较可怕的鬼魂,老人们总是拿这个讲很多可怕的鬼故事吓唬不听话的孩子。小艾经常在黑夜里按照姥姥的描述去幻想,结果就是吓得睡不着觉,在床上翻来覆去,睁开眼睛觉得周围都是吊死鬼。周围人家吊死的人应该不少,大人们喜欢说一个笑话:一群人在一起说话,一个人说门插管上都能吊死人,怎么吊死呢?用腰带。有个妇女就不相信,腰带能有多大力?门才多高呀?就要自己去试试,一试果然就吊死了。吊死鬼眼睛、舌头都搭在面孔上,第一眼看见的人都会被吓得昏过去呢!小艾听这个故事

■ 集散地

不下十次,姥姥似乎在普及安全常识,意思是叫小艾不要随便逞强,没什么好处。

哭声随着客来客往一起一伏,声音最大的就是苗苗妈了,她本来就是个嗓门大的妇人:"娘啦娘啦……亲娘哎……怎丢下我们走了哟……"苗苗妈哭得前仰后合,几个女知客也哭,客人来就放声哭,客人过去了,就停下来休息会子,留下苗苗妈一个人的哭声由大到小,由撕裂般的尖声叫骂到沙哑得出不了声,只剩下呜咽声。年纪轻轻的一个后生就这么去了,孤儿寡母的日子最难熬,任谁都要流泪的,看丧礼的人也都抹眼泪。

苗苗和哥哥披麻戴孝的,成了白色的小人。小艾居然也痛哭起来,在人群里哭起来,并不感觉难为情,她忽然想起与那个听说的人曾经有过一次见面。啄木鸟笃笃地敲打生病的白杨树,地面铺盖上厚重的灰色树叶,小艾一早就起来,像从一场黑夜中走入白色的风暴,晃得她小小的身体摇摆起来。小艾突发奇想地要找苗苗去印证前夜睡眠中残存的梦,她一直记得姥姥说的话,要在太阳出来那一会去给苗苗讲自己的梦,不然就要有厄运。姥姥的话不知道对不对,但小艾总是信的。就在拐弯进小丁字胡同的时候,一辆自行车哗哗啦啦地拐出来,小艾迎着声音认出骑车的人就是苗苗爸,小艾怯懦地喊出"舅舅"。苗苗爸从车子上笨拙地下来,他已经穿上棉裤了,摘下手套,每一次喘气都呵出一团白色的气,他俯下身子,温暖的手抚摸了小艾冰凉的脸蛋:"冻坏了哟,家去吧。和苗苗是好伙家吧,好好玩。"他推着车子快走了几步,又笨拙地爬上车子,车子像在甬道里飞行的小鸟,转来转去,摸索着奔上了大道,两旁的光秃秃的白杨树线一样延伸出去。小艾似乎被车子走的方向吸引了,跟着车子跑了几步,不情愿地停下来。小艾觉得那个人像一朵云彩一样飘走了,天无边无际,再也回不来了。

姥姥略识几个字,她喜欢戴着老花镜念报纸,认不全字,就跳着念。小艾就是跟着姥姥背《百家姓》《三字经》,开了头就进行不下去。姥姥总是有那么多事要忙,她要做饭,要扫地,要蒸馒头,蒸气上了梁,馒头就熟了,她一会儿就忘记了正在做的事情。念书的事情,小艾总是开了头,开了头也就完了。这一次,姥姥终于认全了,她从苗苗家回来后就长吁短叹,苗苗爸临死在梁上写了四个字"儿女一对"。

苗苗爸为什么就那么坚决地去了呢?所有的人都猜不透:他有一份拿国家工资的工作,新起了四间大屋,孩子聪明伶俐。老太太们尤其纳闷,小艾在她们身边感染了几分猜不透的失落。一天一天过去,大概在积聚的伤心快散开的时候,大家却似乎猜出了底细。她们说是苗苗爸太憋屈了,小时候母亲去得早,跟着嫂子过了多年,吃不开的日子多,低眉顺眼的,像个小媳妇,好不容易结婚了,媳妇却又是这等强硬脾气的女人。他多半是太温婉了,抵不住粗粝的生活,终于撒手而去了,也是解脱。她们倒没有攻击还活着的媳妇和嫂子,她们说:"死了就过去了,没长命百岁的运数,得为活人着想。"

小艾也在似懂非懂里明白一个温暖的舅舅走了,就像那天他匆匆俯下身子,转身就走了,那个背影在那天的二十四小时里一直徘徊在小艾的脑子里。小艾对苗苗妈嫌恶起来了,之后见到她一溜烟就跑远了。

■ 集散地

■ 076

六

  前街上有许多井，井边有密密挨着的光滑的沟坎，是被一次一次从井里打水的人长年累月划出来的。小艾被姥姥吓唬过许多次，不许往井里看，井里有红眼青蛙专吃小孩。每当教训小艾的时候，她就有点装神弄鬼的样子，像极了眼镜婆婆。眼镜婆婆是神婆，她几乎天天戴着眼镜在家门口做针线活，有人路过给她打招呼，她一般就从滑到鼻梁上的眼镜上头瞟你一眼，认识的就嗯一声，不认识的也嗯一声，回一句，家来坐会？小艾知道她经常出去跳大神，最厉害的一次就是作法驱除二嫂子的魔怔。小艾是见过的，大家都在门外边，屋子里虎虎有声，像电影里打架的声音，小艾屏住呼吸都闷得头疼了，好像每个人都很紧张，大概太盼望二嫂子能神到病除了。二嫂子不光跳河，而且经常晚上站在房子顶上对着山上的祖坟大声说话，好像真有人和她说话一样。村里人最头疼的不是她跳河，而是她和山上的死去的人说话，一个女人家不正常了，说来说去难免下道，对祖宗不敬呀，男人们开会回来传达了这样的意思，大舅舅小舅舅也为这事紧皱眉头过。眼镜婆婆的本事大家好像都不是那么在意，姥姥喜欢说病急乱投医，但是即使没有医治好二嫂子，大家对她也没有任何置疑，逢着有虚病的时候还是一如既往找上眼镜婆婆：小孩子吓得掉魂了、夜哭不止，妇女心悸，睡不着，做了不好的梦自己脱不出来，甚至有人头被磕破了也找眼镜婆婆念叨两句，她这个时候才摘了眼镜，念念有词，结果还好，大多人都能得偿所愿，也许本来没有什么事，都是图自己心安，可是谁知道呢？

  年前，眼镜婆婆发出话来要挑一个接班人，说要在大年夜把自己的符咒传给她,她的这一套也是另一个妇人在多年前的大年夜传给她的。这事传来传去,没有什么眉目,那些年轻的妇女谁都不想去做神婆,虽然她们乐意去找眼镜婆婆解决问题。

每当发生了不妙的事情,上天总是给女人一个信号。这话有没有道理呢?

如果没有姜瞎子,眼镜婆婆真要独领风骚了,偏偏有一个姜瞎子长久地与她对立着,如果说眼镜婆婆管着鬼神那一边,姜瞎子就是管尘世的事的,但是他的生活却比眼镜婆婆像神仙。姜瞎子似乎是个外来人,关于他的出身,没有几个能说得上来,白色的头发白色胡子,拄着一个自制的拐棍,眼睛微微睁着,裸着一丝眼白,到底是天生的瞎子还是疾病所致,小艾从来没有听别人说起过。好像别人在背后说姜瞎子的话就是他多么神奇:有一户人家儿媳妇与儿子打架赌气离家出走,姜瞎子算出媳妇出走的方位,还出奇谋让一家人团圆和睦了;另外有一家人的牛顶开门自己跑出去了,姜瞎子也算出了出走的方向,一家人依着方向日寻夜找,还真有结果,类似的事情多得数都数不清楚。姜瞎子家很偏僻,要穿过前街、过了河坝,河坝上有一间小屋子,据说里边有一条灰色的高大的狗,就是这条狗阻止了小艾的好奇心。唯一去的一次是跟着表姐,表姐和坊上的哥哥订婚了,没过多久哥哥就要取消婚事,舅舅暴跳如雷,姐姐哭得很厉害,还把结婚照片撕得粉碎。姐姐因为这件事情变得很憔悴,一年多都灰扑扑的。见到姜瞎子的时候,小艾真是有点不相信,他走起路来是那么轻松,正好碰到羊群赶过来,姜瞎子拄着拐棍半闪半躲,没有丝毫差错,吓得小艾都不敢喘气了。落座后,姜瞎子问:"要问哪方面?"姐姐说:"问姻缘。"姜瞎子突然顿了一下,其他人都出去吧,你一个人留下。小艾怯怯地溜出去了,有一种挫败感,站在屋檐下无聊地到处看看,破落得一塌糊涂,好像什么都没有。

回家后小艾找了根木头棍子闭上眼睛装模作样地走来走去,姥姥看到了就问:"哪里学的这种坏毛病?"

小艾说:"学姜瞎子呢!"

"人不到八十八,不能学别人的聋和瞎。"

小艾知道姥姥是说,不到八十八岁谁都难保自己永远健康,但是还是抵不住好奇:"姜瞎子是不是假瞎? 我觉得他看见我了。"

姥姥明显不高兴了:"小孩子乱说话,嘴上会生疮的,记得上次生疮的疼吧?"

小艾对姜瞎子陡然就尊敬起来,因为怕疼。

七

唱《桑园会》的那夜,小艾支棱着耳朵听,罗敷面颊上红红的像桃子跳跃着,遇到自己丈夫秋胡却不认识,两个人唱来唱去,哭一阵闹一阵,上吊而后团圆。台下看戏的老人、媳妇居多,一般男人大多受不了磨磨叽叽的唱,不如打牌来得畅快,但是那天人来得特别多,那些小伙子都是为罗敷来的,指指点点的惹人厌。老太太那边早就不耐烦了,地主婆把手杖在地上哐哐哐敲起来,小伙子们闹的动静才消停了。

老人们只去听戏不大关心罗敷的事,只有年轻人知道,小艾在睡梦中听到的表姐们的嘀咕,一定是出丑事了,小艾也不管听没听懂就下了结论。后来几个晚上,小艾就格外注意罗敷,离得太远根本看不到眉目,只看见模糊的红脸蛋、血色的嘴巴和大叶水眉,再往前走,姥姥就该呵斥她了。小艾觉得自己很委屈,来听戏就像为了跟姥姥对话一样,十分不情愿,姥姥说话的时候隔不了几句就加一句戏文:哭得像刘备样、整个一出四郎探母嘛、秋胡戏妻什么的,看戏之后,姥姥再在回家的路上唠叨一次,小艾下次再听到这些名字八九不离十就能猜出姥姥的意思了。

姥姥回家的时候说:"秋胡和罗敷有20年没有见面了,20年知道多长吗? 打你一出生就算起,长到姥姥这么高,进城读书的时候就有20年了。这么多年没见面能不哭吗?偏偏秋胡还去试探守家的妻……"小艾就像刘备一样哭起来,小艾突然想起妈妈来了,有多少天没见了?

看戏的事也快落幕了,姥姥不停地抱怨唱戏的小姑娘不上心了,净对着男人们滴溜眼神,因为最后一晚上唱戏的时候,下边的小伙子一胡闹,罗敷居然笑起来。地主婆晚上离开的时候嘟囔了一句,戏没法看了,朝舞台那边吐了一口唾沫,被儿子推着走了。小艾也依样学样,吐了一口。姥姥决定让小艾走了,说小艾越大越不懂事,不学好!送回去让你爸妈自己看着办吧。小艾觉得姥姥有时候明显小题大做,大概要送小艾走了,姥姥心里七上八下不知道说什么就说难听点的话,就像给娇生的孩子取个贱名,外甥是姥娘家的狗,吃饱了就要走,下回别来讨我嫌。

■ 集散地

■ 080

■ 上高山，跐高台

一

一路闯关，活到了80岁，如果还有过不去的坎，对韩尚英来说，大概就只有死这件事儿了。

她有两子一女，大儿子宝林、小儿子宝树，膝下各有一男，春明和小夏，女儿宝格是老大，嫁得早，养了两个女娃，转眼外孙女也到了谈婚论嫁的年纪。宝林当兵落居在哈尔滨，宝树在县城。县城老家话都说县上，两个人一拉一唱地说话，到哪儿？到县上去。县上其实也不远，到家也就十几分钟的车程，买大件儿东西，办点稍微排场的事，都要去县上，家里有人住在县上，也是一件有面子的事。韩尚英这一大家子夫妻和谐、手足情深，算不上楷模，但绝无失足不检点的地方，谈不上完美，也真找不出什么瑕疵来。算不上大富大贵，也的确吃穿不愁，甚至连几亩口粮地都租给年轻人种了。

除了往前赶日子，也真不知道还有什么事能让她操心了。

年轻的时候，她只要有看不过的事，就一定会说她的口头禅："有什么了不起的？到头来还不是一死。"老伴何云奎跟她在一个锅里吃了一辈子饭，就是不喜欢她这句话，这不跟没说一样吗？没死前，该怎么活还得怎么活。儿女们刚成家那几年，四合院从最鼎盛时期的十二口人到最后就只剩下两个人眼对眼地过日子。何云奎手脚闲不住，一天到晚在院子里打转儿：开鸡栏，给兔子喂草，吃饭前先伺候好黑花猫，这是儿子割爱送给父母解闷的。早起庭院里必洒水打扫，谈不上一尘不染，但真个算清爽。门口的菜园子里没有杂草，篱笆一根根都像列队的士兵，连茶杯柄都一水儿朝南。韩尚英像是被转动的钟表催逼着似的烧个一日三餐，并不像年轻时那样脚不着地，火急火燎地操持家务了。一急一慢，一个主动一个被动，上了年纪的夫妻，大概太无聊，一个屋檐下挤着，转身转眼就离不开对方，三句话不对头就要抬杠。韩尚英最拿手的呛人话就是，你有能耐你活两辈子给我看看！何云奎就会嘟嘟囔囔，我没那本事，都让给你，都给你活够咯！

其实韩尚英这年也不过只有 60 岁，放在城里，要是高级工程师也就刚刚退休，才开始回家颐养天年呢，要是国家领导人，还在日理万机呢。可惜韩尚英生在乡村，18 岁就嫁到何家，孙男娣女一大帮。大外孙女眼见着就要出嫁，最小的孙子小夏都 10 岁了，都是她一把屎一把尿地拉扯大的，可现在似乎谁都用不着自己这双手了。她也主动过几次。宝格，我给闺女织毛衣吧？算了吧，别累着您。小夏，奶奶给你做双鞋吧？哈哈哈哈，我有鞋。何云奎也在旁边呵呵地笑，就你还做鞋？做样子吧。韩尚英索性挂掉电话，啊哟啊哟，老太婆真没用了哦。太阳一步一步地挪动，韩尚英个把小时就站起来挪挪藤条椅子，好让大太阳晒在自己的黑粗布棉裤上，暖得跟到了天堂似的。

■ 集散地

先前的暑假,小夏一个人在家,小儿子和媳妇不放心,把他送到老院里跟爷爷奶奶过了两个月。酷暑难耐的夏天正午,小夏和奶奶两个人睡在铺着凉席的床上,韩尚英嘴里一直呼哧呼哧吹气,嘴唇像蜻蜓的翅膀一样翕动。小夏趴在奶奶身旁,吓得脸色发白,又不敢推醒她,于是试探着用手去捏拢她开阖的嘴唇,韩尚英非常不爽地挣扎醒来,几乎要动手打小夏。

你摁我嘴做啥?

你怎么睡觉老吹气呢?

人过五十天过半,黄土埋到脖子了,能不吹吹气吗?

小夏当时就伤心地落泪了,奶奶你要死了啊?谁带我吃饭、睡觉,谁给我讲故事啊?韩尚英心肝宝贝乱叫一气,把小夏搂在怀里,小夏,奶奶没白疼你一场,奶奶死了,你要哭的哦!

对面山上有好多黄土堆,里边埋的可都是回不来的人。那个暑假小夏总觉得奶奶很快就要和那些土堆站在一起了,他有时候半夜都哭醒,醒来就把奶奶抱得紧紧的。不过在奶奶说这话五年以后,她依然还活得好好的,小夏才差不多忘记了这件让他想起就啪啪落泪的事。死不是那么容易的。

二

在意生死的人,总觉得死就在眼前,韩尚英觉得自己会比何云奎先死,没有理由。日子过得快不快,看看身边的孩子和猫就知道了,小夏光从个子看,已经是大人了,黑花猫已经快 10 岁了。这几天何云奎犯愁的是,黑花猫对着热气腾腾的稀饭就这么眼泪汪汪地看着,不吃一口,在他们眼皮子底下缩头就咽了气。韩尚英的血压中午飙升了,她说,老头子,下雪了,下雪了,然后就滑倒在门槛边上。从医院回来的韩尚英,眼睛浑浊了,人慵懒了,她再也不能挪动那只藤条椅子。她说,半个身子都不属于自己了,半边手臂也不灵活了。自从有一天几番努力都拿不起针线后,她一下子仿佛回到了幼儿时代。她跟何云奎耍赖撒娇,早上醒来要何云奎给她穿衣服。何云奎举着衣服袖子说,来伸伸胳膊,韩尚英不情愿地伸开,何云奎说把头抬抬,韩尚英就闭着眼睛昂着头,等何云奎把套头衫撸下去。韩尚英连梳头发、洗脸似乎都不会了,坐在那里让何云奎转圈围着她忙活。每天早上遛弯只要何云奎不跟着,她就坐在门口一动不动,像忘记了时间。

何云奎急得跳脚。

韩尚英说,我伺候你一辈子了,该你伺候我啦,我没几天活头了。

韩尚英每天都做出一副要和这个世界告别的架势。这架势也的确吓人,何云奎过惯了衣来伸手饭来张口的生活,老了老了,反倒要当小媳妇,学不来,做不到,可眼见着就要饿肚子了,这是每天都遇到的难题。日子积压了超过10天,必有一场爆发,何云奎甩手走了,他哪里都能凑合一顿。

吵架就是身体的发动机,韩尚英好像一下子恢复了元气,失去战斗的对象,她的失落情绪就兴奋起来。她打电话叫宝树,你把我送到你大哥哥家去吧。宝树说,不是拌几句嘴吗?去那里干啥?韩尚英说,我和何云奎势不两立,有他没我……宝树在老太太哭诉的时候,放下话筒,直到听到她尖厉的嗓音,宝树,你在听吗?在,在,在。她好像情绪稳定下来,我听传玉娘说,那里可以土葬。宝树说,您还可以活很长,操这心做啥?您别听传玉娘乱说,哪里都

■ 集散地

一样。

韩尚英得到否定的答案后,比斗跑了何云奎还失落,一连几天都情绪不高,连吃饭都吃小半碗。以前只要跟何云奎吵架,她就作势收拾东西去大儿子那里,明里好像是要分家过,暗地里却是想着土葬的事儿,现在这个出路一下子断了,连吵架都觉得没意思了。

吵架的僵局持续久了,宝树只好负责心理辅导。妈,人死了,啥都感觉不到了,您还操这心干吗?是哦,火化,哎哟。她耸耸肩膀,抖抖脖子,很痛苦地看着宝树。宝树继续说,妈,您不是早就跟我说过了吗?人死如灯灭,啥也感觉不到的。人死如灯灭哟,老头子,我背上痒。这是韩尚英示好的表现。何云奎并不领情,你让小树给你挠挠呗,我这儿忙着刮胡子呢。老头子,你给我挠挠,他不懂深浅。你叫宝树嘛!他不懂深浅。老太婆哟,我死了看你怎么办!

韩尚英端坐在阳光下,微闭着眼睛,手里拿着拐杖,用不灵活的脚轻轻叩击拐杖头,她是按照何云奎的指示在做康复运动。何云奎躬下身子,掀起她衣服后襟,满背地摸搓,一边摸搓一边唉个不停,大概气得没有话说了。

韩尚英说,再往下,再往上。何云奎说,到底是哪里,有准儿没有啊?韩尚英说,哪哪都痒,越挠越痒。何云奎唉声叹气,老太婆哟,我死了你怎么办!

三

何云奎一直壮壮实实的,胃口牙口都好,除了有点咳嗽的老病根。想着最近嘴巴没味道,他央宝格做了鸡肉丸子带来,量大,老两口胃口小,一顿吃不完。晚上何云奎索性吃光了剩下的,一边吃一边说,这肉不错,劲道。后半夜就觉得不舒服,何云奎是个有觉醒的人,起来穿好衣服,把打呼噜的韩尚英叫醒,老太婆,我胸口闷得慌,我要走了,你好好睡觉,早上起来自己动手穿衣裳,多动动手才灵活。韩尚英睡得迷迷糊糊,她最近特别贪睡,好像年轻时早期的那些觉都要补上似的。

何云奎叫了几声,宝树!宝树!后来才想起来,这个钟点,小儿子还在自己家床上酣睡呢。他趿拉着鞋,开了电灯,摸到点消化药吃下去。去医院的头班车倒是路过门口,但还没发呢,大冬天的叫起儿子来,怕惊着他,这个点开车赶回来也不好,人老了得有眼力见儿,儿子一早还得上班。

吃完药,何云奎就坐在大厅里,他坐得浑身发冷,拿了暖水袋抱在怀里。何云奎中间还不放心地跑回去看了韩尚英两次,韩尚英迷迷糊糊地问他好点没,还没等他回答,她已经在梦乡里了,鼾声徐徐。

天亮了以后,韩尚英自己穿上衣服,扣子只系了三颗,帽子歪在半个脑袋上。小儿媳妇居然回来了。她问儿媳妇,你爸咋样了,昨晚说不好受。宝树媳妇说,去医院了,消化不良也不是啥大病,人老了器官老化,住院吊盐水呢。

韩尚英那天显得特别寂寞,一脸不高兴,饭也不好好吃,稀饭落得桌子上、衣服上都是。你爸怎么还不回呀?这时辰了。一过晌午,她就拄着拐杖到门口去坐着,脑袋像拨浪鼓一样跟着车转,这条道上都是来回城里的。

韩尚英没等到何云奎,那晚何云奎就安静地去了,是在睡梦中走的。这把医生和守护的小儿子宝树都吓着了,他也没啥大毛病,说走就走了,自然死亡,没有痛苦。

韩尚英整整一个月听的最多的话都是,节哀顺变,人死不能复生,活着的

■ 集散地

还得继续活着。"活着的",应该是特指韩尚英。家人轮流不分昼夜地看护韩尚英,韩尚英从一张嘴就哭,到慢慢能讲几句话,过了十天,她终于能平静地说出何云奎临走时跟她说的话,多动动手才灵活。老头子临走还不放心我,她又差点掉下泪来。周围的人都是韩尚英新近来往的老人,他们就接话说,老头子没福气,这么早就走了,该享受的还没来得及享受。

韩尚英也恨恨地说,没福气!

韩尚英平安地度过了何云奎走后的一个月,半年,一年。

一个人活着是不觉显的,走了以后就空落落的一大片。

何云奎离开人世以后,韩尚英的感觉就是这样,她把这句话一次一次地讲给周围的人听:她的儿子、媳妇、孙子、孙女,不管场合,也不论别人在说什么,她突然就插进这句话。第一次讲这句话的时候,是在家庭聚餐的饭桌上,儿女们都扑簌扑簌地掉眼泪,眼泪滴在饭碗里。宝树甚至最后呜咽起来,滑到桌子底下,倚在墙根哭起来。女儿眼圈也红了,她贤惠地去劝解,其他人都低头,抹眼泪,草草地吃饭,叮叮当当地收拾碗筷,房间里没有一点人间的气味,好像大家都齐心要跟何云奎去一样。

韩尚英的记性越来越不好,她几乎忘记了家里第三代人的名字,统统以她自己儿子、女儿们的名字叫孙子、孙女,好像她自己没有变老似的,正值壮年,勤劳辛苦地养育着3个碗口粗的小树一样的孩子。但是,她仍然记得何云奎离她而去了,她还是经常蹦出这句话来:一个人活着是不觉显的,走了以后就空落落的一大片。不过她还会加上一句让家人都提气的话,我得替老头子活下去。

四

何云奎去世后,韩尚英拒绝进城,要守着家。小夏上了寄宿学校,宝树把县上的房子租出去,买了辆车,晚上住在老院里,早上去城里上班,宝树媳妇办了早退手续,一个手脚不便的老太太又不肯去城里,只能迁就她了。韩尚英有了替老头子活下去的念头,她加入街上老年人的活动团体,早出晚归,很有规律。这个团体没什么组织,五个人,三个老太太,两个老爷子,他们互称老伙家,就是朋友的意思,他们是按照吃饭时间自由组合的活动团体。晨起后早饭前,他们三三两两地沿着大马路走来走去,有时候还走到田野里去,走到庄稼地边上的小路上去。到了吃饭的时辰就原路返回,手里拿着一把草,或者一束野花。几年前有个企业家捐助了一笔钱,在田间道上修了好多长条石头椅,供田间劳作的人时不时坐下来休息。这些椅子真正是为老年人团体服务的,他们走累了坐在那里,和来来往往的人搭上几句话,有时候三两老人坐在那里一起说话,有时候不说话就干坐着。

韩尚英有一次回家告诉宝树,谷子地里长草了。

宝树说,多亏你看到了,得除草了。

韩尚英别提有多高兴了,那神情好像她为家里做出了巨大的贡献。之后,她就经常回来汇报路上的见闻:玉米有一尺了,桃花开了,苹果有拳头大了,麻雀吃了谷子了……韩尚英说这些时,宝树有时候在和别人聊天,有时候在打电话,有时候在算账,有时候在看报纸……宝树终于打断了韩尚英,妈,那些和咱家无关的就别说了。韩尚英后来还是汇报,还是找不到重点,宝树就懒得打断

■ 集散地

她了,一个在说,一个在忙手里的活,谁也不知道他有没有在听。

中午饭后,他们的活动就单调多了,大道边上和池塘边上各有一座亭子,他们就坐着那里,等太阳西沉,再回家吃饭。夏天池塘边上人比较多,凉爽,人声鼎沸,假期里孩子们都在池塘边上玩耍。过了夏季他们就挪到大道边上,韩尚英说,车来人往的,看看人多好啊。冬天的时候他们迁移到淀粉厂的南墙根,每个人拿个小凳子,排成一排晒太阳。

有一天,韩尚英实在无聊了,提前返回家里,田野里也不看了,庄稼也不看了。宝树媳妇一看韩尚英回家了赶紧看表,还不到时间,妈,还没有做饭,您这时候回家做什么?

宝树媳妇,你给我把织布机找出来,我想织弦子布做冬天的棉衣。

儿媳妇乐得直不起腰来了。您还惦记着织布机啊,十年前就卖给收旧货的啦。韩尚英很生气,你这个败家子!恁好的织布机,我正用着的,你就给卖了!说卖就卖了,都不问我一声!韩尚英骂起人来一声高过一声。宝树媳妇说,十年前你不是病了吗?织布机不是多年不用都快烂了吗?就是没卖你也织不成啊,现在去哪里买线?你哪里有力气?韩尚英好像明白了,又好像没明白,她不再骂,但是还会小声嘟囔,好好的织布机就给卖了!以后她还是按时参加老年人的活动,出门走啊走啊,累了坐下歇会,回家吃饭,出门坐在亭子里。

宝树经常跟韩尚英逗乐,妈,您活得太久了,久病床前无孝子,我伺候您十年了。

韩尚英说,我早想走了,可阎王爷不收我!

大儿子宝林过年回家,趴在韩尚英怀里痛哭,一把鼻涕一把泪,妈呀,去年我回来就想着这是最后一回见您了,怎么也没想到,您还能活到今年啊。您咬咬牙再活一年,我也多见您一面。韩尚英也哭,她的眼泪和口水一起落在宝林的脸上,过得这么快,都一年了啊。她的大儿子离开家乡后,定居千里外的城市,每年休假回来一次,老婆孩子一家人,总有些人情世故、家庭计划,回来一趟也不是容易的事。

宝林说,妈您好好活着,等我退休回家伺候您。

韩尚英说,我活活看。

五

韩尚英吃饭一向都是一阵风,这天变得慢吞吞起来,吃一口停一阵,眼皮耷拉着,也不离开饭碗,宝树媳妇洗刷完其他碗筷的时候,她还在磨蹭。

宝树问韩尚英,饭不好吃?还是您哪里不舒服?

韩尚英说,我想吃完饭再睡一觉。

这是个奇怪的想法,刚刚起床吃完饭,又想睡觉。宝树很反对韩尚英睡觉,他是定时叫她起床的,对韩尚英的病来说,睡觉多不是好事。韩尚英在宝树的严格管理下,形成了正常作息。

妈,您到底怎么了?出啥事了?

崔老头快死了。

得啥病了?

听说是吃了鲤鱼不舒服,崔老头没多大活头了,昨晚送医院去了。

这点小病,现在医学这么发达。

■ 集散地

你爹还不是小病……

宝树扶着韩尚英送到她房间,让她好好地睡了大半天觉,韩尚英也真是睡得着。她从年轻时就是挨床就睡着的人,何云奎从前就对韩尚英这一点非常不满,儿女的事,天大的事都耽误不了她睡觉。你这个不操心的人哦,就我一个人操心费力。

韩尚英的话果然应验了,崔老头没有从医院再回家。他家儿子媳妇过来给长辈磕头来了,家里死了老人,年轻辈的要给其他长辈磕头,平辈也要磕头,因为死了老人这天,就是天下最小的人,这是多少年的风俗了。

韩尚英说,崔老头这一辈子算是值了,五个女儿,两个儿子,孙子发展得也不错,值得了。儿女们都孝敬他,什么稀奇古怪的东西都买来给他吃,可惜死在一顿鲤鱼上,我不吃鱼。

于是家里从此不吃鱼。其他人无所谓,苦了从小在湖边长大的宝树媳妇,她喜欢吃鱼,实在忍不住了自己做一顿鱼吃,韩尚英敲着桌子说,你想毒死老太太吗?家里气氛就冷冰冰的,又理论不得,关系生死的事,讲不出什么道理来。韩尚英一如既往地不吃鱼,也反对别人吃鱼。可是,何云奎临死前吃过鸡肉丸的事儿,她倒是没有想起来,因为她自己很爱吃鸡肉丸。

六

崔老头死了后,韩尚英就不怎么热心街上那帮老伙家了,宝树也不愿意她出门。即使不上街,她也知道春天走了谁,夏天又少了谁,秋天又多了几座新坟。到了这个岁数,眼睛里看到的、耳朵里听到的都是这些事。韩尚英一天到晚窝在家里，看看电视，吃吃饭，整个世界就是床上和藤条椅。后来懒得下床，她就要宝树把电视机装在床对面墙上，于是除了大便小便，几乎有两个月韩尚英都没下床。

孙家老太太快熬不住了是韩尚英没想到的，她身体一向是最好的，年纪也比韩尚英小5岁。其他老人都是自己顾自己还有点困难，唯独孙家老太太还能帮忙照看孙子，三不五时地帮忙做做饭，遛弯的时候也不用休息。韩尚英人虽然年纪大了，但耳聪目明，她也知道，这个村子，差不多就孙家老太跟自己是一拨的人了。孙老太原本就有慢性气管炎，先是因为感冒发烧，小病没在意，三拖两拖就严重了，等到孩子们意识到严重了已经难治愈了，老年人的免疫力又差，孙家老太太就一天天衰弱起来。有一天，孙家儿子打电话说，让韩尚英去他家和老太太唠唠家常，一个人在家闷得慌。宝树先是不同意，毕竟韩尚英年纪也大了，伤风感冒万一传染不容易好，再说年纪越大，越看不得生死。何况以她的身体状况，得两个人才能把她从床上弄下来，搀扶过去。韩尚英就生气，不吃饭、不说话。后来宝树拖着韩尚英去了一趟。

韩尚英和孙家老太太高高兴兴地唠了大半天，一起吃了稀饭和爽口小菜，要不是宝树来催促了两趟，她估计要在人家住下来。

宝树边走边问韩尚英，你们都唠啥了？

韩尚英说，就掰掰年轻时的事，那会子一起干活，一起给集体做饭，1958年我和她一起去了泰安城，去拉煤，我们走着去的，来回一天一夜，那时候体格多好啊！

韩尚英的手指抠抠自己衣襟上的饭粒落下的印，仿佛自言自语地说，人生古来七十稀哦,七十三八十四,阎王不叫自己去。

天气格外寒冷,下了场雪,压断了不少树枝,单薄的房子也有倒塌的,韩尚英说活这么大岁数没见过这种天,北风没黑没白地吹,自来水管隔三岔五地冻裂,人人都说是个灾年。韩尚英一冬天都在等孙老太太康复的消息,她每个星期都茹素一天,还经常对着天空双手合十,说佛祖保佑。晚上睡不着觉的时候,她就让宝树打电话过去问问,回来的消息是,孙老太太还是一如既往地衰弱下去,吃不下饭了,只能躺着了,脑子不清楚了。

韩尚英好像也失去信心了,她只是想着,孙老太太怎么也得熬过新年去吧。

孙老太太在离过年还有四天的时候仙去了。韩尚英干巴巴地落了一通泪,没有哭出声。她坐在窗户前面的太阳地里,暖烘烘的太阳穿过玻璃,晒着她的一身黑色棉衣,她耷拉着头,口水和泪水一起落在棉衣襟上,她也不知道撩起手巾擦一擦。

大年夜,一家老小都聚在老院的家,年增岁月人增寿,韩尚英等着儿孙们过去拜年、说吉祥话。宝林说,妈,您再多活两年,您活着我们才有奔头,要不挣钱干吗呢?韩尚英说,我活着做啥呢?啥也干不了。宝林说,您光活着就行了。大家都笑,一年里团聚的时候,最高兴的时候不笑就不对了。妈,您大孙子马上结婚,小夏也有女朋友了,你得等有了重孙子才能走。

韩尚英眉开眼笑的,好吧,我活活看。

七

韩尚英惦记重孙子的出生,其实这个重孙子连影还没呢。这个村上多少年没出过四世同堂的事了,早些年听说人家谁谁四世同堂,老何也说过大话,可惜他早死了,韩尚英想自己真要是熬成四世同堂了,自己就是威风凛凛的佘太君,子孙搀扶着到台前一站,多少喝彩声啊,回头见了老何多风光。

大孙子春明和一个叫小巧的姑娘是在城里结婚的,韩尚英只见过姑娘的照片,没见过本人,看面相是个好孩子,眼里带笑,是个笑面人。韩尚英自己动不了身,全家出动去参加婚礼,她和小儿子在家等了一天,她这一天过得火急火燎的,像随时都能看见重孙子一样。婚礼结束后,新人回家来拜祭祖宗。那天是真热闹,邻居们都来拿喜糖吃,平辈的孩子们拿新娘新郎逗笑,放开了戒一样,屋子里香烟环绕,瓜子皮噼啪噼啪丢到地板上,还有宝格嘎嘎嘎笑的大嗓门,韩尚英像惊觉一样想起儿子跟自己说的要自己等重孙子的事。她在大家聊得最热烈的时候,探出床外,伸手抓住了小巧的袖子,她说,几时生娃啊?

小巧拉过春明,看着韩尚英说,奶奶,还没想好呢!

这事不用想,紧着点吧,我快死了。

哈哈哈哈,您会长命百岁的。

春明和小巧在眼前晃了一下就走了,之后几年都没回来。他们辞职了,去了大城市了,考了研究生,出国了,离婚了。韩尚英每次听到他们的消息,都像晕船似的,肚子里翻江倒海的,想吐,又吐不出来。她跟宝树说,我躺床上太久了,要出毛病了。

84岁那年春上,韩尚英都快忘了重孙子这事了,冷不丁地就当上老太君了。何家实现了四世同堂的愿望,实现这个愿望的不是春明,是小夏。宝树两口子跟韩尚英说,小夏在外面惹了事,还没结婚就生了孩子。

■ 集散地

　　韩尚英才不管他惹不惹事,她指挥宝树媳妇翻箱倒柜,找出了她当年的一块红手帕,里面有她的一个手镯和私房钱,都是过年过节孩子们孝敬她的,她打包都送给小夏的媳妇,她说,拢共没多少钱。一个大胖孩子,可惜老头子看不到了。阴历五月二十,一家人兴兴头头地要给她过大寿,阖家幸福,四世同堂,似乎找不出什么不满意的理由了。

　　大儿子宝林问,妈呀,您还有啥没落实的念想?

　　没啥咯,就是赶紧死了了事!

　　您得活!

　　活够咯!

　　韩尚英说自己活够了,是真心话。老头子死了,连一起玩的老伙家也死光了,重孙子也见着了,下不了地了,屎尿都得大小儿子伺候,虽然他们嘴上不说烦,韩尚英也知道,他们快伺候不动了,再不死就光剩下受罪了。

　　韩尚英大寿后办的第一件事就是让宝树找风水先生给看坟地,风水一事她最为挂念,她说前几年腿脚好的时候,就看到老头子坟地后边走出了一条小道,坟地后面有小道是发达之意,所以要顺路开起来,把那条人踩出的小路修缮成宽点的路,路过的人越多越兴旺。宝树说来春就找一帮人把后边的路修得有模有样,培土垫石,夯实基础,整一条漂亮的小路出来。韩尚英出不了门,眼见不着,放不下心,总觉得还是不踏实,她要去看修路。宝树说,这几天下雨路滑,等天气好了全家推您去。天气好了,韩尚英再提,宝树说儿子媳妇那边需要人照顾孩子,自己得过去顶两天。韩尚英就被移居到宝林家,一住就是一个多月,韩尚英把这个要求提给宝林,宝林说,妈,我这个体格,弄不了您去啊。

宝林年轻时腿上有伤,下不得大力,儿媳妇更不行。这样一推再推,从5月推到10月,霜降大寒小寒,这事就无声无息了。要不是韩尚英感冒了,她也不好意思再提这茬。

这回感冒来得猛,咳嗽鼻塞吐痰,呼哧呼哧地上不来气,一拖就十来天,韩尚英看到床前的宝树就说,我怕是不行了。不就是个感冒吗?还不至于不行吧。宝树觉得妈不过是小题大做,可是韩尚英自己不行的话说了不下百十来遍,家里人心里多少有点犯毛。于是儿女们大大小小都赶来了,真像告别似的,真看到韩尚英的脸色和精神,又突然松了口气,这不还好吗?孙男娣女一大帮,也不是什么时候都能聚在一起,于是弄吃弄喝,一家子人有说有笑的,韩尚英精神就又来了。韩尚英说,啥时候带我去整修下坟地啊?闺女宝格说,年纪大了,感冒都感冒不起,舅舅不就是一个小感冒没过去。感冒也能要人命,别折腾了。全家像一下子上紧了发条,韩尚英又成了珍稀宝贝一样,被围在笼子里,好像怕她一下子就死过去了一样。怎么也得熬过这个年!似乎每个人的眼里都有这句话,又没有谁说出来。感冒也不是一天两天能好的,宝格去扯了新布,两个媳妇一个闺女坐在家里给她做棉袄棉裤,她们一边缝线,一边谈论韩尚英的感冒和即将到来的冬天。老年人过冬是最困难的,一场感冒也能要人命,穿新衣一来暖和,二来冲冲喜。韩尚英也不想闲着,她想起了一样新活计,孩子们给自己冲喜,自己就剪纸钱。她靠在床头上,支应她们买纸做浆,自己糊纸轿。她说这是挂岁数钱,送盘缠轿。自己一旦倒头之后,就得铰岁数纸儿,岁数纸儿就是纸布袋儿,串在一起的纸钱长条,一岁一张,用麻绳系好挂在大门上。送盘缠轿也得要,韩尚英说她的灵魂要长途跋涉到西山拜见祖先,报到修行,这一路上要花很多钱,亲人要给她烧纸送盘缠花。轿子用纸扎成,烧掉时要选在出村的路口,烧轿时由儿媳来唱《送盘缠歌》:"馍馍暄,肉头烂,落了阳间一顿饭。想吃素,吃不完;喝盅酒,挡挡寒。早下店,晚出行,高低下洼路不平。上东山,去修仙,千里坐轿,万里坐船。拿备着盘缠,到恶狗山,打狗饼子当先。到恶人山,多加银钱,银钱不多,儿女再还。"

韩尚英让宝林、宝格、宝树背诵这首歌,宝树说我忙呢,七上八下的事忙不完,哪有时间背歌?再说我脑子也不好使了,记不住呢。宝林就当没听见,宝格自顾自地缝制衣服,穿针拉线。韩尚英说,你们不会背,我就收不到钱。韩尚英又提高了嗓门说了一遍,大家还是没有停下手里的活,韩尚英顺手拿起木梳敲打床头,一边敲一边喊,你们背不下来,我就收不到钱。宝林说,妈,别闹了。宝格也说,妈,爸去世的时候没念,到了那边也没穷着啊。穷不穷谁知道?!宝树看韩尚英的脸色不好,就找支笔说,您说我记下来,过两天全家都背。他记了就丢给哥哥姐姐,你们去背哦。哥哥姐姐也翻翻看了几遍。

八

家具行的刘木匠媳妇来家里借饼鏊子用,韩尚英在里屋听到了,拍得床头柜啪啪啪啪响,刘木匠家的,你进来一趟。我要订制竹棍,按照我的身高做,不然太矮了要驼背,一辈子不喜欢的就是驼背,脊梁骨挺直是我一辈子的原则。她说,以前唱的《小拐棍》:小拐棍,手里拿,上山下山好不滑,满堂儿女不胜它。我就要那种小拐棍。刘木匠的女人讪讪地看着宝树、宝林,不知道怎么回答,他们两个就挤眉弄眼地说,那就麻烦刘嫂子回家说一声了,过几天我们去拿。

刘木匠的女人像领命一样走了,出门就跟宝树媳妇叨咕,你们家老太还真是想一出是一出。宝树媳妇就嗨嗨嗨地笑了几声,送她出门去。

竹棍的事情没有下文,不是宝林、宝树不肯满足母亲韩尚英,而是这根本不在刘木匠职责范围内,人家是做家具的。宝林说,妈,拐棍那东西,不是随便做的,要等人死后,孝子孝孙们到柳树上砍下来。这时去做拐棍,岂不让人笑话?韩尚英说,我不管,我都到地狱边上了,谁管你们阳间那些事儿。

宝树、宝林都知道,这事没完。趁着夜色,两个年过五十的老儿子拉着梯子,到村后的树林里去砍柳棍。宝树跟宝林说,我年轻,我上去,你扶着梯子。宝林说,我当过兵,上树比你内行。两个人争执了几分钟,坐在树下抽了一支烟,最后宝树把梯子顶在树身上,别争了,我上了。宝树一手拿斧头,一手攀住梯子,缓缓地爬上去,宝林扶住梯子,仰头看着弟弟,一支烟刚到头,宝树已经蹲在树杈上开始砍了。宝林在底下闲得无聊,又加上尿急,转身去撒尿,心想多走几步,回来的时候宝树就该下来了。刚撒完尿,心情最爽的时候,他听到远处有人喊,干什么的!谁啊!宝林吓了一跳,别是误会咱偷树了吧。接着砰砰两声,宝树从5米高的树上滚下来了,他叫了一声,哥。

宝林当场就软了,他昏头昏脑地立在那里,咚咚咚咚脚步杂乱地跑来了一堆人,救护车的声音,女人的尖叫声,闷到心头的小声交涉。宝林好像被围在石墙外面,被一群士兵拖着走,脚耷拉在地上,拖得鞋也掉了,袜子被磨破了,蹭出了血,他喊不出疼。

韩尚英这次是被彻底蒙在了鼓里,一家人蒙得严严实实,没有一个人说漏一句话,大概也没有人愿意跟她说话,她被换到最里面的夹层房里,防止嘴上

集散地

没把门的邻居说漏了嘴。宝树媳妇回城了,再也不肯回来,宝林先是恨自己,后来恨老太太,每个人都觉得韩尚英折腾出事了,但又不能明说,她还能活几年!空气中都有一股子闷声闷气的怨。韩尚英好像一下子从记忆里划去了小儿子一家,你不说,她也不问。所有人都知道韩尚英是个心硬命硬的女人,那么多年都没看出来,仿佛所有的不幸都找到了答案。这个答案是私底下的,他们遇到不顺的时候,偶尔会有眼神交流或者努努嘴巴,指向里面的夹层房间,莫不是她的原因吧?大家就会心一笑,仿佛释然了一般。

半年后,宝林实在忍不住试探着问,妈,你不想宝树吗?

宝树不是走了吗?

你咋知道?

我还没死,咋不知道。他是我生的,我咋不知道。

妈,你想开了,你还得活着。

我快死了,我管不了那些事儿。

妈,您心肠真硬啊。

黄泉路上无老少,谁都一样,不知道哪一刹儿就没了。

妈,别老说死啊死啊的,宝树莫不是被你给说死的,不吉利。

我快死咯,快死咯,千人烦万人烦啊!韩尚英像听不见宝林的话一样,拉长了声调,高一声低一声,手里的佛珠一颗一颗地转起来,南无阿弥陀佛,南无阿弥陀佛,南无阿弥陀佛。

世上桃园

一

你见过肆虐的西北风吗？西北风在寺北柴就是冬天。

西北风刮起来，顺着大街小巷跑，各色垃圾袋在树丫上猎猎作响，透着一股冬天的寒酸。姚玉林一大早就候在学校门口，出来得着急，穿得略微单薄了，他袖着手躲在校门口的角落里避风。学生先是稀稀拉拉地走过，然后是羊群一样拥过来，祖国的花朵们啊！他伸着脖子盯住宿区大门。一个个看过去，花花绿绿的衣服，各式各样的神态，一会儿就头晕眼花，所有人看起来都差不多，一脸肉往前晃。看别人免不了被别人看，他看得见女孩子们指指点点，男孩们扫过来的眼神，有人看他就作势转个圈，背过脸去。

他低头扫了一眼手表，时间还早，姚强这小子懒得像头猪，可能要踩着上课铃来。姚玉林后悔这么早来蹲点了，多睡半个小时多好。天气一冷就有点恋被窝，浑身的筋骨都像上了发条一样紧。走神的一会儿，姚强就到自己跟前了，他远远就看到了姚玉林。姚玉林看了看，周遭没一个闲人，就自己一个跟

■ 集散地

恶狗似的颠着打转,目标太明显。

这么早,家里有事?

姚玉林打了个长长的哈欠说,能有什么事啊? 好几天见不着你人影,冬至了,你奶奶让我来捉你回家吃饺子,中午回家吧。

不是吧,待遇这么高,我还以为你被何金玉勾了魂把儿子都忘了呢!

姚玉林用胳膊肘捣了一下儿子,别说不着调的,给个准话,回不回吧?

行,你回家准备着吧,我要迟到了。姚强说着一转身就溜进学校了。

从家到学校走路带跑的话,也就 15 分钟的路程,一般人都不会住校的,热汤热饭姚强硬是不稀罕,一天到晚都耗在学校。一开始,老太太舍不得,颠着小脚中午来送饭,风里来雨里去,赶上头疼脑热、伤风感冒的慢慢就淡下来了。但是隔个几天,还是费力劳神来请他回家。

当初取名字,多少含了私心的,几代单传,好几辈做小生意的人家,挣了心劲地要强,要强。一出生就规划的前程没有八十一个,也有七十二种了,奈何就是没显著效果,比人家野生没人管的孩子强不了多少。夫妻嫌隙和隔阂除了性格差异,也多由此而来,管得严了松了,吃得好了坏了,基因不好,祖辈没阴德,七七八八都摊到桌面上,那叫一个破败难堪、鸡飞狗跳,想想都后怕。不知道孩子成绩差是因还是果,婚也离了,要强的心也淡了。眼见着毕业将至,姚强成绩一般,没办法指望上大学,调皮捣蛋的事却是一个没落下。

想到姚强的成绩,姚玉林除了觉得对不起前妻,还觉得对不起何金玉。她背后没少为这事费心思,辅导老师她帮着找过,老师都觉得补课意义不大。没事的时候两个人私下合计过多少次姚强的个人出路,是的,不是个人前途,是个出路而已。

何金玉说,出去打工吧,虽说不是我的孩子,也不落忍啊,这么小干不了什么。

留在家里,店里也不需要人手,抬头不见低头见,姚强不待见你也不是一天两天了。

复读看他那个样子是不会答应的。

读高职听说是白费钱,就是去,也要找个懂行的老师参谋参谋。

姚玉林回到家,把自家铺子打扫停当,正好是开始营业的时间。时钟滴滴答答走,叮叮当当敲了9下,大早上也没有什么生意,他抽了一支烟,心里空落落的。何金玉的铺子隔壁紧挨着,门窗紧闭,时候不早了却连一点动静都没有,大概昨天外出进货累着了。

姚玉林轻轻敲了敲窗玻璃,何金玉的床抵着窗户。何金玉踢踢踏踏地下床梳洗,窸窸窣窣开门,就着姚玉林的劲,一起把防盗门卷起来。

出去一趟真累啊,不是你叫我,我一天都起不来了。

我锅里还热着饭呢,给你留了,你先过去吃点。

两家店卖的东西大同小异,都是日常百货,姚玉林偏重油盐酱醋茶什么的,何金玉多些女性用品、洗化衣服。在这里生活的人,他们两家基本可以满足所有需求了,哪里有那么多需求啊。

街上的人都说两人搭伙做生意是迟早的事,说说就七年了,中间还隔着那堵白石灰墙。何金玉晚上一个人整理盘点货柜的时候,偶尔还会想起这句话,时间久了反而不想了,日子一步步往前赶,她觉得来不及想。看着墙发呆,姚

■ 集散地

玉林的心事就来了,中午吃饭的时候得好好和姚强商量下,解决一件是一件,眼见着过了年一晃就毕业。

何金玉扒拉了几口饭,抬起头看到姚玉林在发呆,想啥呢?

姚玉林说,他姑父来电话了,想叫姚强去当兵。这年头当兵不比从前了,是个好出路?

何金玉皱了皱眉头,趁着他姑父还在任上,当兵兴许是个好事,跟他的部门正对路,既然开口了,应该是有打算的吧。

姚玉林说,他姑父路子多,比咱们老百姓强。

接着,他凑到何金玉身边小声说,打发姚强出去,我们俩的事就赶紧办了它。何金玉甩了个冷枪,我俩啥事啊?

姚玉林不依不饶,还来劲了,给个针就当棒槌?

何金玉说,大清早的说这些干什么!

何金玉跟姚玉林一起做生意七八年了,先是姚玉林离婚闹得鸡飞狗跳的,后是姚强和姚家老太太齐了心不让自己进门,一心想着姚玉林两口子复婚。何金玉这边,一个文静的等待未婚夫的小姑娘,中间被放了鸽子,离人不归,多少眼泪呀。跟姚玉林走近,一晃也几年了,35岁大龄老姑娘,笃笃定定地等着,多少人暗戳戳地鸣不平啊,伤口都会结痂,结痂也会掉落。

夏日夜里,姚玉林跟何金玉关了店门,走在坑坑洼洼的、长长的马路上,在灯光有限的街道上,硕大的广告牌突兀地立在店门前的人行道边上,桦树荫遮住了一部分街道。穿汗衫的男人,戴围裙的女人,戴着近视眼镜的孩子,都坐在门外。他们朝两个人打招呼,仿佛早就认定了他们是一对,他们两个也点头致意,好像所有这个年纪的人一样。姚玉林前妻结婚后,老太太嘴上不同意心里却豁了岸。其实,就差姚强点头同意了。姚强一出去当兵,事就好办了,男孩子以后结婚成家,父母这茬早早晚晚都会淡掉。

二

晨读一过,就迎来一个疲惫时段,上课就头脑昏昏的,姚强把面前的书堆得高高的,一迷糊就进了梦乡,梦里门卫大叔挥舞着长长的手臂,姚强你妈来看你了!他兴冲冲地过去,却看到妈妈冰冷的面孔,两个人傻站着无话可说。铃声刺耳地响起,姚强惊得来了个前冲动作,垒得墙一样的课本哗哗啦啦落了一地。李小平本来想直接走出教室,这个声音过后沉寂了有十秒钟,班里轰地大笑起来,还有不少同学看热闹似的望着李小平,谁都知道姚强是混世魔王,谁也管不了。李小平的目光寻找到了姚强,姚强嘴角流着哈喇子,似笑非笑,抹了一把,逃似的继续趴到桌子上。李小平本来就是个火暴脾气,她确实愤怒了,她最受不了那种满不在乎带着挑衅的神情,那一刻,她就像一点就着的爆竹。

李小平倒不是一出生就这样,而是自从分到这个镇高中以后,她就像更年期妇女一样易怒、易哭、易发作,有时候自己也觉得过分了,似乎有借题发挥的嫌疑,给周围的人更多的口实和谈资,但就是控制不住,等想明白了,事儿也早过去了。关于李小平的传言从一进学校就没有停过,先是传说被大学时代的恋人生生抛弃了,那个男人留在城里,李小平凄凉无奈地来这里教书。这些传言一级的学生传给下一级,可是仔细琢磨起来似乎每个人都是二道贩子,不知

■ 集散地

道事情的真相到底是怎样的。每个人都是听说的,所以大家说来说去,都很含糊就没有了兴致。倒是她突然就和镇派出所所长结婚这事情激起了更大的波澜,诸多猜测,诸多说法,从老师到学生,第三者的说法也有,不伦恋的说法也有,甚至还有互相利用的说法,所长想利用李小平培养自己的孩子上大学,他孩子就是班上的孙大朋,而李小平想利用所长的关系离开镇子,孙所长家里势力据说非同小可,提升指日可待。天天在别人的唾沫星子里讨生活,搁谁也难心平气和。

李小平说,姚强,你跟我到办公室去一趟。李小平一路上都在想该怎么对付姚强才算合理,才不过分,才恰到好处,才能抑制住心里笃笃叫的怒气。姚强低眉顺眼地跟在李小平身后,他其实想跟李小平单独待一会,但不是以这样的方式。他多么想和李小平聊一会天呀,说说话,就是没有什么话可说,谈谈天气也好呀。李小平除了脾气暴躁,对人爱答不理以外,她还有一副冷得迷人的脸蛋。她几乎没有什么表情,大概受伤过的人迟迟不能痊愈,就容易保持着一个姿势。可是,这样的姿势和冷淡,在一群热闹平实、循循善诱、苦口婆心的老师中却因为其冷门获得了一份殊荣:最迷人的老师。

除了学校的先进工作者评选之外,学生们中间还有最受欢迎女老师、最受瞩目男老师、最希望和他(她)谈恋爱男(女)老师等称号。姚强还有一个心底的秘密,她是自己哥们孙大朋的后妈,这也是他关注李小平的原因。班里的同学基本都是父母双全家庭和睦的,唯独他们两个有那么点不伦不类,离婚的爸妈,最近又拖上了后妈,最初的哥们关系大约就是一种同病相怜,这个同病相怜的事实他们都没有说破,好像一开始俩人就意气相投似的。

姚强心里无数次讥笑爸爸,跟妈妈离婚这也没有什么大逆不道的,他早就厌倦了两人吵吵闹闹的生活,可是怎么就找了个何金玉呢,何金玉不就是屁股大点,皮肤白点吗?上下一般粗,富态得像薛宝钗一样,哪能跟孙大朋的后妈李小平比,有文化有身条。

李小平和姚强一前一后进了办公室,李小平像忘了这回事情一样先收拾桌子,把备课簿整理起来,把钢笔、圆珠笔、红墨水、蓝墨水都挪了位置,然后泡了一包立顿红茶,坐在靠窗的办公桌前。阳光从玻璃上泄下来,落在窗台上一盆绿色仙人掌上,仙人掌的暗影打在李小平脸上,她像初采的嫩藕一样的脖子更显挺拔。李小平拿嘴唇贴在玻璃杯上轻轻吹了吹,小啜了一口,差不多像醉了一样,微微闭上眼睛。姚强,说一下,刚才怎么回事?姚强却像在课堂上被惊醒一样,又被惊醒了一次,"啊"了一声,他盯着李小平的侧影看得太痴迷了。结果事情坏就坏在这个拖长了的"啊"上,李小平倏地睁开眼睛,姚强的眼神还没有来得及挪开,李小平似乎察觉了,这使得她一路上的平心静气都失效了,她的声音提高了十个分贝问,你来这里干吗的?你说,我叫你来是干吗的?是让你继续做梦的吗?你往哪儿看呢?你给我说清楚!大林老师、陈主任都从办公桌上抬起头来,大林先开腔的,李老师啊,犯不上生气。姚强,你快给老师道歉,看你把李老师都给气哭了。劝人的事不是谁都能干的,有太多讲究,恰到好处才能平息心情,随便说几句有时候劝不了反而火上浇油。李小平立刻就回了大林一句,谁哭了?

大林老师自讨没趣,把正在批的作业一摔抬腿就走,眼见着快要出门了,李小平赌气一样扬手给了姚强一巴掌,声音清脆、响亮,大林老师、陈主任重新

■ 集散地

盯着李小平。陈主任刚才本来想劝慰一下,也算是主任的职责,气氛实在是太复杂,他在脑子里似乎没有找到合适的词汇,因为他知道李小平的脾气古怪地怕人,别说是个主任,就是校长,她都敢呛。他反复思量该说点什么,可这一巴掌来得太快,打乱了他的思考。他只能赶紧灭火,息事宁人:姚强,还愣着做什么?赶紧出去吧,放学了,回家吃饭吧。大林老师没有出门,而是回身把姚强推搡出门,然后又返回办公室,李小平正伏在桌子上呜呜哭。

　　李小平事后回忆自己的冲动自认是有道理的,怎么说呢?那天正逢着李小平的生理期,大早上吃早餐的时候,孙大朋用筷子挑拣了一遍,说连个鸡蛋都没有,我快高考了。在后母与儿子之间有矛盾的时候,孙所长一向都是训孙大朋的时候多,老夫爱少妻嘛,今天孙所长却鼻子一哼,小平,得照顾着大朋点。李小平当时是一肚子不满,油条、豆浆、牛奶、包子都是一份份买来的,而且孙大朋以前老嫌她给他煮鸡蛋糊弄事,但她大早上的不想吵架就忍了。

　　那天在训姚强的时候,她也没有真正发火,姚强的眼睛盯着她的脖子她确实有点不高兴,本来想教育他一下,即使你没有希望考上大学,也得注意影响,别自己不想学习了还带坏了别人的情绪。她绝对没有打他的想法,做老师以来她从来没有打过人,怎么都觉得高中生是大人了,打人挺伤自尊的。李小平刚来学校的时候传言很盛,小镇上的生活很平淡,来来往往的就那么几个单位的人,亲戚加朋友就都熟识了,平静如水中总要有点事情被嚼来嚼去的,谁叫你是特别的人呢,谁叫你长相超群呢,谁叫你名声在外,却又落在我们中间呢,总得有点原因吧。在别人指指点点里往前走,李小平尽管从对一个男人咬牙切齿的痛恨中获得了勇气,但终究也是个凡人肉胎,有一天晚上,就在空空落落的办公室里放声大哭,大林老师就是在这时候走进来的。他揿了开关,灯亮了,进退两难,他知道看到别人隐私了,也不能一走了之,把一桶纸放在李小平跟前,问,李老师,你怎么了? 不舒服吗? 李小平抽出一张纸反复擦着眼泪说,没什么,就是想家了。

大林老师当时就沉默了,过了一会,李小平发现大林老师也哭了,不过他没有出声,是无声的眼泪。他说,我也想家呢,家里没有亲人了,都不知道想谁,但还是想。安慰一个人没有比也敞开你的伤口更好的办法了,两个人自此就多了一份交情或者友谊,但没有发展成爱情,是因为大林老师那时已经在蜜运中。事情的开头与结果往往让人难以预料,不久以后李小平就在厕所里听到了自己因为被抛弃,表面上装坚强,在办公室痛哭的话。李小平此后就再不和大林那么亲近了,那天大林老师一提到哭,李小平就觉得自己的委屈挡都挡不住,而且大林老师还想摔门而去,她就像一个撒娇撒泼的小孩一样,为引起大人注意似的打了姚强。

那天的事对姚强来说不是一般的事,他甚至不想上学了。回教室的路上他遇见孙大朋了,好像一直期望他出现他就真出现了一样,姚强说,你跟我回教室一趟。孙大朋说,做什么? 他说,我不想上了,回去收拾东西。孙大朋紧走了几步,挡在姚强前面,问,李小平跟你说什么了? 孙大朋从来不称呼李小平老师也不叫妈,他直呼她的名字。姚强拉着孙大朋就走,哪来那么多废话? 姚强当时心里有一个念头,就是一辈子都不把这事说出去。姚强因为是走读生,住学校也是用哥们的床铺,东西本来就不多,他把书分类整理了一下,一边对孙大朋说你有用得着的尽管拿,一边把书装进包里,他把孙大朋的包拿来装了磁带、小说、照片等,一堆堆的试卷被他一股脑都扔垃圾桶里了。看着堆得小山似的书桌一下子空了,只剩黏在桌子上的课程表,姚强还用手指抠了几下。孙大朋鼻子酸酸的,姚强你是高考战场上第一个倒下的兄弟。孙大朋又说,快考试了,不差这几个月吧?姚强说,你不是我,你不懂,我是上不了大学的。走吧,待会就有人吃饭回来了。

看姚强提着这么多东西回到家,姚玉林就纳闷起来,怎么搬家了?姚强说,我不上了,反正毕业证会有的,这个你不用担心。姚玉林纳闷归纳闷,并没有追问,心想早晚都得这样回来,难不成还能考上大学,别妄想了。姚玉林乘机就把他姑父的意思说了,姚强很是上心,刚才离校的那点伤感立时就散了。姚玉林没几天就打发姚强去姑父家了,因为牵扯到户口,姚强刚过 17 岁,离 18 差着大半年呢,总归要托人走动一下,把户口改大了 1 岁,凡事都是要有提前的打算。这些事情看起来琐碎,办起来也倒没有那么难,户口的问题解决了,姚强就在姑父家住下等冬季征兵。

姚强身体素质好,眼睛也不近视,体检过得就没有悬念。姑父对姚强说,回家准备准备吧,串串亲戚、见见同学,这期兵去东三省,这一走就得一年半载的。

三

姚强好像一天之间就长大了,心头升起一股淡淡的伤感,就要离开自己的家乡了,不是有个小说叫作《十八岁出门远行》吗?憧憬过许多次的事情一旦涌到眼前,姚强还是不能像自己想象中的那样潇洒,他不得不承认自己对前途有点恐惧,他甚至冒出了跟何金玉和解的念头。一连几天,他都跟姚玉林一起早起营业,擦一遍小铺里的货架、柜台,油盐酱醋、花椒大料、黄花木耳、杏干柿饼、萝卜疙瘩六必居的酱菜,烟酒糖茶都像新结识的朋友一样,看都看不够。晚上,关了店门,从拐角处买点猪头肉给姚玉林下酒,姚强有一次还尝了一口姚玉林递过来的老白干,一口咽下去,嗓子里轰地升起一阵热浪。奶奶老早就睡下了,发出扑哧扑哧的打鼾声,姚强小时候跟奶奶一起睡,曾经问过奶奶她的鼾声怎么和爸爸不一样,奶奶说黄土埋到脖子了,扑哧扑哧的是在吹气呢!姚玉林说,明儿星期天,到大休了,你出去散散心吧,不得见见同学朋友吗?

姚强叫了同桌许飞,孙大朋带来了齐江,约好是在镇东头的新月酒家吃下午饭的,到的时候发现人比计划得多,教室的后半壁江山都来了。第一次起这么大的场,姚强无比兴奋,总算没有白同学一场。换了新月酒家最大的包间,老板娘还有点沾亲带故的,招呼服务员赶紧修理一下不太灵光的音响,她还教导员一样地说,年轻人嘛就得能吃能喝能玩,等结账的时候打8折。点菜吃饭确实不是姚强的强项,好在重点也不在吃饭,而在喝酒,白酒消受不起,就提了啤酒上,究竟喝了多少谁都不知道,最后一提啤酒是姚强去拿的,他提着啤酒像被千斤金箍棒压着一样,东倒西歪的,最后啤酒和他一起摔在门口,碎了一半。他们边喝边唱《我的未来不是梦》,等到高潮句"我的未来不是梦"的时候,音响就失去效果了,大声吼的人此起彼伏的,一声比一声真挚。张雨生出车祸的时候,他们拿了一个大录音机放到教室里,只要是没有老师就一直放,搞得气氛像追悼会。

姚强始终不知道他们是怎样走到孙大朋家的,他只记得老板娘把他们半

◾ 集散地

◾ 110

赶半劝地拉出了新月酒家。一堆人在一次次跌倒和爬起的过程中有的人走散了，有的人到墙角撒尿就没再跟上来，有的人在沿途回家了，直到他们敲开了孙所长的门，就只有五个人了，是李小平开的门。姚强确实并不知道整件事情是怎样发生的，因为他进门就一头栽在沙发上睡着了，起码是半醒半睡着，等他被尿憋醒进洗手间的时候，他看见一片白色在红色的浴缸里翻滚，他在手忙脚乱中也插了一刀，他知道那个白色的是李小平，刀是从地上捡起来的，刀是谁的？姚强不知道。

那天夜里，他们从镇政府家属院后墙堆得跟墙差不多高的煤堆上顺树逃走，一路向西，他们跑啊跑啊，跑过镇中学、小学、幼儿园、理发店、百货大楼、新华书店，全都是黑洞洞的，距离太远的路灯像一点一点的探照灯。他们跑啊跑啊，跑过公路站，越过从前的西瓜地，到达黑丘山，他们跑着跑着就成了到处乱飞的萤火虫。他们像骤然停下的赛马一样喘气、心脏像泄气的气球一样干瘪，如果可以看到彼此眼睛的话一定是被丢弃在岸上的鱼一样的神态。孙大朋说，我们要死了。姚强哭了，每一个人都哭了，姚强对着山叫了一声"妈妈"，就有回声震荡过来，妈妈。

这个事件引起诸多猜测。有人说是报复事件，孙所长在镇上得罪过不少流氓无赖。有人说是见色起杀心，李小平那么漂亮，但是法医报告显示，没有任何性侵的痕迹。还有人说是入室盗窃，遇到抵抗杀人灭口，孙所长家能有多少钱？况且是冲到浴室杀人，一般窃贼不都是拿到钱就是目的吗？太牵强。后来猜测集中在第一个可能性上，并且引起了社会舆论关于治安人员家属人身保护的讨论，杀人方式之暴烈和残忍给镇上的居民带了极大的恐惧，晚上10

点以后街上几乎都只有过路车了。案子是上一级公安机关调查的,连市长都下了命令要限期破案,以消除这种笼罩在镇上的恐怖气氛。因为孙所长沉浸在失妻的悲痛中,精神恍恍惚惚的,办案人员就把他送医院照顾起来。有一天,孙所长想起了自己的孩子,办案人员才注意到孙大朋自从出事后就没有露过面,也没有出现在学校。他们在小镇周围开展地毯式搜捕,在黑丘山坳里把五个脸色苍白、饿得奄奄一息的男孩带回镇上,姚强的唯一要求是一块硬水果糖。

姚强在一个冬天的早上被枪决了,他是认定是唯一年满18岁的。据去法场的人回来说,姚强一开始是带着微笑的,迷人的微笑,他在人群里寻来寻去,没有找到姚玉林,也没有找到奶奶,自然也没有何金玉。他不知道奶奶昏倒住院,从此没有醒来,他也不知道姚玉林,安排好母亲的后事,便和何金玉就消失在人们视野里,谁都不知道他们去了哪儿。陪审的孙大朋在刑场上待了几分钟就尿裤子了,是站在前排的一个小男孩喊出来的。这个冬天的插曲很快就过去了,淡淡的沉痛在东家长西家短里被迅速替换了,谁还记得有一个美丽的女教师和一群孩子呢?

大林老师倒是还记得,他经常一个人私下揣摩这件事的来龙去脉,好像和自己有点关系,可是又不是那么有关系,警察连调查都没有调查过他,然而他还是为这件事付出了代价:有天早上,他起床一看,枕头上都是头发,鬼剃头!他觉得这是心里憋了事闹的,很想找个人说道说道这件旧事,可是大家几乎都没有兴趣,不是没见过姚强就是没见过李小平,对他描述的李小平的美貌无法感同身受。学校又来了新老师,发生着新的故事,日子比翻书还快。

■ 集散地

有一年春天,寺北柴的桃花开了,漫天遍地,吸引了大批游客,人间桃花源,街上到处是举着相机拍照的手,操着普通话问路的口音,街道好像都活过来了。大林老师愉快地接受了一个邀请,一个毕业多年的学生大志,在内蒙古看到家乡的图片宣传,特地回来看一下,顺带着操持了一次同学聚会。来的学生超出了大林老师的预计,临时决定租了一辆中巴去踏青,20多个人,好像又回到了高中时代,大林老师坐在最后一排,数了好几遍人数。窗外团簇着的粉色烟云好像无止无境,像施了魔法的风景画,让人想流泪。

沿着桃花源路一直走下去,终点站是一个世上桃园的山丘,宣传部门弄了个廉价的推广方法,白色石灰刷出了"世上桃园"四个大字,一片平原上凸起一座山丘,从绿色的半山腰挂上一个名牌,在远处四个大字看起来眩目,走近了才看得出寒酸,石灰浆洒落的印子,粗糙的石子胡乱堆积着。这里还有个不靠谱的故事,据说范蠡帮助勾践完成大业之后,携西施隐居于此。真是风水宝地,世上桃园,人间仙境,真希望所有逃跑的人们都有这样的归地,大林老师想起了姚玉林和何金玉。

大家围坐在山顶平地上休息,大林老师像是自言自语,你们还记得有个叫姚强的同学吗?人群里一片沉静,有人听说过,有人完全不知道。他讲起了这个陈旧的故事。大家唏嘘感叹。大志郑重地说,姚强这个倒霉蛋赶上严打了。其实不能确定年龄可以测骨龄的,姚强其实可以不必死的。大林老师惊异了几秒钟。哎!他到底没有把自己想说的故事讲明白。

踏青回来,他们围着校园继续转了一圈,讲了一些其他的人和事,怀旧就是这样,一开始兴高采烈,后来索然无味,找不到话题。大林一个人走回办公室,天色微暗,正如往常一样,昏黄的光线洒在办公桌上,让人有一种昏昏欲睡的甜腻感觉。

如同所有的事物充满了我的灵魂,

你从所有的事物中浮现,充满了我的灵魂。

你像我的灵魂,一只梦的蝴蝶。你如同忧郁这个字。

——聂鲁达(智利)

挑绷头

我的午睡时间因为清冷和困倦一直延伸着,微明的亮色打在窗帘上,光线暗淡到几乎看不清屋子里的东西,窗外的汽车喇叭声由于门窗的阻挡,弱到零星,那只黑色的猫和我平行地睡在沙发上。听到手机的提示声,淡蓝色的光亮一闪一闪的。

两个未接电话,一个留言。未接电话都来自豆豆,微信留言是大风的,这个组合让我觉得他们可能在一起,等我出去吃火锅驱寒。

留言上说:老罗彻底消失了。

一

我的手有点不听使唤,抖抖索索得不像个男人,我拉开床头柜以及所有可以伸缩的家具装置,我听到它们踢踢当当地响,摸索寻找我很少用的烟和火机。烟是我爸爸常吸的我老家的一种很普通的牌子,火机是我表哥送老爸的生日礼物,铜色复古造型,他很喜欢。

我18岁生日那天,决定和学校拜拜,我妈妈像很多这个年纪的中年妇女一样,无助地哭起来,而且一个晚上都没有再看我,边哭边一刀一刀切开无辜的蛋糕。她一次都没有擦眼泪,任由它们在脸上流淌,并且还有几次滴在了蛋糕上。爸爸拉开一罐啤酒,一口喝了下去,他是个退伍的士兵,他的线条还保持着曾经的刚毅,除了中间凸起的啤酒肚,然后他把一包烟和他当作宝贝的火机给我,他说,会用得着的。

揿开灯,从窗户上可以看到,很多灯已经亮起来,正是开始做晚饭的时间。我点燃了烟,动作很不熟练,那包烟在隔了一年后有点发霉和回潮,淡蓝色的烟从我的口中呼出,飘散在我的周身,我仿佛看见老罗,一个黑瘦的男孩,背着一把吉他爬上火车,走了。其实他根本不会弹吉他,那是我送他的一个装饰品,原本挂在墙上。我也根本不确定,他是否带走了吉他,但那可能是我与他之间唯一的联系。

20点差5分钟的时候,有人敲门,我先看了看腕表,然后看床头的闹钟,分秒不差。豆豆和大风一起进来的,他们问我怎么不接电话。我说,刚才在睡觉。冰箱里空空荡荡的,我们三个一起喝了杯纯净水,胸腔里荡起古怪的爽气。豆豆一边说一边哭,老罗已经一个月没有出现了,他寄给校长的退学信在一堆信件中被校长看到了,学校先通知了老罗的爸爸,老罗爸爸从千里之外赶

■ 集散地

过来,从老罗留下的手机里找到了我们。我问,报警了吗?豆豆说,报警没用的,老罗不算失踪人口,他 18 岁了,有自理能力。大风手里的手机就是老罗的,那个牌子早期的款式,不盈一握的那种设计,大风在看老罗的全部联系人,我从我的位置可以看到排在前边的号码——家、豆豆、大风和我,后边的人很少或者很多,大风没有继续,他来来回回地反复看这几个号码。最后他把短信打开给我,收信箱里有 325 封,发信箱里有 232 封,还有 1 封存在草稿箱里。

外边起风了,鹅黄色的银杏树叶子落在水渍泥泞的街上,贴得很紧实,环卫工人很费力地在清扫,每一次划过扫帚都有漏网之鱼。我们三个人参差地走在街上,有时候是我和豆豆并排,有时候是豆豆和大风落在后头,每一步都踩在枯叶上。他们两个都不说话,我很想和他们讨论点什么,可是风让我开不了口。

到了老罗的宿舍,老罗的舍友有一个出去吃饭了,他说,自己一天只吃了一顿饭,这会儿饿得撑不住了;另一个说,待会出去约会就不陪我们了,如果老罗有了消息记得告诉他,他说他很担心老罗;还有一个在上网,说等我们收拾好了他再去图书馆学习。老罗的书桌上有一本欧美抒情诗歌集和一本日本推理小说,一盆塑料盆栽,一本台历,在 11 月 2 日那天上画了一个圈,用蓝色的水笔在圆圈下边做了个很小的脚注"吴晓晓"。衣橱里挂着他打篮球的 10 号黄色球衣球裤,折叠得整整齐齐的夏装和内衣,粉红色的香薰附在橱壁上。这是经过老罗挑拣之后的东西,该带走的都被他带走了,我们用那种红蓝相间的编织袋把所有的东西打包了。

二

　　周六,豆豆和大风都不上课,他们两个在房间里整理老罗的东西。老罗不怎么经常来这里住,朝南的小房间是他的,房间里除了一张单人床和一个床头柜,以及落在柜子里的记事本,基本没有其他东西,书都摆在厅里。老罗选这个房间是看上了开敞的小阳台,从那里可以远眺到低矮的城市棚户区,也可以看到穿城而过的小河,沿河地带的工厂和烟囱。我们三个人曾在这个阳台上,一起看过朦胧的星空,虽然只有一次。明天他们两个负责去把老罗的东西交给他爸爸,那个 50 岁花白头发的男人,也是我们房租的主要供给者。

　　我在家休息,今晚我要去 24 小时店值班,去赚取我的房租、粮食和蔬菜。

　　我是从夏天开始在这个便利店上班的,半月一轮换,和我换班的是一个中年阿姨,大家叫她喜姐。喜姐是个话特别多的女人,她一天到晚说我家小雨怎样怎样,小雨是她念高中的女儿。喜姐央求过每个人调换她白天上班,据说便利店的女店员一般夜晚不愿意值班,夜间女性的风险比较大,我总觉得喜姐的担心有点多余,她的魁梧身材怕是歹徒也要三思。喜姐想上白班大概是那个时间段有两个人上班,可以聊天不寂寞,而且她家里有一位公主要吃早餐上学,每次上晚班,她都怀着歉意要我早点交班,她说,等你做了父母就知道了。

　　我不想做父母,无论是她这样的,还是我爸爸妈妈那样的,甚至是老罗爸爸那样的。

　　南方夏天的夜晚,闷热程度和白天差不多,便利店里的冷气开得很足,每当有顾客进来,都会有一阵热流扑进来。"哎哟,这天气热得不要人活了啊!"

■ 集散地

他们也会跟我抱怨天气,我就微笑一下算是回答,有的顾客还会继续说话,多半是只有一位顾客的时候,我也要顺着话茬交谈几句,不然气氛非常怪异。我说的最多的话是——"您好,欢迎光临""对不起,请稍等一下""欢迎下次光临"。

一晃半年过去了,那些夏天出来消暑的人越来越少。顾客不多的时候,为了防止瞌睡,我都是看小说消遣,那些小说都是老罗供给我的。

三

豆豆打电话跟我说,老罗的爸爸留下了半年的房租。她还说,老罗的爸爸临走前让我们三个人各挑一件老罗的物件作为纪念,让我们心里记得老罗,这样老罗早晚有一天会因我们的思念而回来的。豆豆说她选了一组粉红色的香薰蜡烛,放在自己的包里,走到哪里都能闻到他的气味;大风留下了那款老式手机,他说要把所有的短信都重新抄写了一遍,存在电脑里,并且发我们每个人一份。豆豆问我要什么,我说,把台历给我吧。我喜欢那本没什么特色的台历,老罗用过,并且做了自己的标记的。

那时我正在看的小说是《威克菲尔德》,一个叫霍桑的美国作家写的,我喜欢这个有点絮絮叨叨的作者。那个名字叫作威克菲尔德的主人公,借口出门旅行,在离家很近的街上租了房子,在那儿一住就是二十年。二十年来,他天天看见自己的家,也时常看到遭他遗弃的可怜而孤独的太太。婚姻幸福中断了如此之久——人人以为他必死无疑,遗产安排妥当,他的名字也被遗忘。妻子早就听天由命,中年遗孀了。忽然一日,他晚上不声不响地踏进家门,仿佛才离家一天似的。从此成为温存体贴的丈夫,直到去世。我觉得老罗一定看过这本小说,我觉得他可能是在模仿威克菲尔德,他可能就住在对面大楼里的一扇窗户后边,用他看球赛的望远镜偶尔看看我们,等他身上的钱用完了,他又会回到我们中间,在下一个夏天的深夜,来便利店找我喝酒聊天。或者老罗去了一个他写生时去过的村子,和那里的人吃喝拉撒在一起,画出新的油画,过更长一段时间,钱用完了就回到父母身边,或者回到学校请求校长恢复保留的学籍,继续学习电子机械工程,然后,有一天他会成为一个朝九晚五的上班族,有时候是负责管理一台电子数控机床,有时候在办公室里发一会呆。我把有《威克菲尔德》的那本短篇小说集放在我的专用小橱里,和它做伴的有我的便当盒、口罩、洗手液。

大风给我留言,此时他正在把性感的双手举过头顶,跟随电子摇滚音乐慢慢调整着他的心情,左右摇摆,离他十厘米或者更近的距离的是一个新结识的油画专业的女孩。

夜幕侵袭这个城市的时候,对面的卡拉OK包房里就会传出声嘶力竭的歌声,伍佰分贝很高的《突然的自我》几乎每天都有人唱,点唱率最高,我的肌肉因为那种低音炮的震颤而规律地起鸡皮疙瘩。隐秘的快乐沿着灯光升降起伏,我觉得自己有点附庸风雅地模仿一个诗人和他的情绪,围拢在我周遭的时间像不规则的石块那样堵塞着水流的通道。

我喜欢你是寂静的,好像你已远去。
你听起来像在悲叹,一只如歌悲鸣的蝴蝶。

■ 集散地

> 你从远处听见我,我的声音无法企及你:
> 让我在你的沉默中安静无声。
> 并且让我借你的沉默与你说话,
> 你的沉默明亮如灯,简单如指环,
> 你就像黑夜,拥有寂寞与群星。
> 你的沉默就是星星的沉默,遥远而明亮。

我用蓝色的水笔在老罗留下的台历上把 12 月 2 日圈起来,写上"老罗的爸爸,半年房租"。

四

喜姐交班的第一件事情是做关东煮,汤水在一个个小格子里翻滚,我总觉得这种温糯的肉香有点像严实的冬天里被窝的怪味道。她做这些的时候,我就在旁边整理水电费的单据。

喜姐问,何林你好好的怎么不去念大学?

我说,我有工作了,不用念书。

喜姐说,这算什么工作哟,你得为将来打算。

我说,我知道。

喜姐说,你爸妈不管你吗?

我说,我自立了。

喜姐撒嘴笑了,要是我女儿像你这样不去读书,我就不要她了。她整理好关东煮,很利索地把垃圾塞在一个纸袋里,放在柜台下边,然后摸出手机,有点讨好我地说,我给我女儿打电话,小雨该起床了。她的黑眼圈有点明显,我昨天听到她照镜子时的抱怨了,老啦老啦,休息的时候得去买眼霜了。今天我注意看了一下,黑眼圈果然有点厉害,眼角纹也很深,笑的时候更严重。

喜姐问,你白天干吗?

还真是好奇哦,我睡觉呗,睡不着的时候画漫画,我从包里掏出杂志,翻开封面说,这个漫画是我画的。

喜姐的眼睛睁得很大,你是漫画家哦,她说话的声音拉得很长。

鱼肚白的色彩一尺一尺拉大,出租车司机都上路了,打着待运的绿色灯。毕竟是冬天,防盗门紧闭的店铺和街边的法国梧桐树都像被装在玻璃钟罩里,影影绰绰的。大约是干燥的原因,我的脸上新近长出了几颗青春痘,我打电话告诉妈妈,她说让我多喝降火的柚子茶,我把这个建议写在便笺上,贴在冰箱门上,尽管我可能并不想喝柚子茶。就在这条通往河边的路上,我和老罗一起走过很多次,推算起来,他失踪前的十天还和我一起走过这条路,按照侦察心理学的理论,他的离开算是有动机的。

老罗在河边跟我说,再也不想做无聊的实验了,那根本不是实验,是物理运动。

那就别做了。

老罗说,我总有一天得让我老爸正经地看看我。

兄弟,犯不上较劲吧,看不看得上是他的事。

老罗说,我觉得我不爱豆豆了。

我说,不爱就不爱了,虽然豆豆是那么可爱的姑娘。

老罗说,会有人爱她的。

是的,会有人爱她的,曾经让我着迷的豆豆。她非常亚洲化的杨柳细腰和杏眼都让我感觉一种惊艳的暖流在我的五脏六腑间爬行。她说话的时候,总是分不清楚平翘舌,睡觉的时候缩成一团蜷在沙发上,像一只猫。她的功课据说很棒,她能讲流利的英语,她的舌头长度是平常人的一倍,她伸出舌头可以用舌尖搭在鼻尖上。老罗经常说豆豆是我国偏远县城中学多年普及英语教学的成功案例。老罗消失前她在准备托福考试,她本来就是个盲目的人,想起做什么就一阵风,鬼知道她想过去干什么。反正她觉得自己明年有百分之百的把握,踏上美利坚合众国的土地。豆豆每个周末都来我们的房子,有时候睡在大厅里,有时候睡在老罗的房间,虽然只有一个女孩,我总觉到处都有一种男男女女的气息。

在遇见豆豆此人之前,我像中学生写作文一样想象我的爱情,豆豆就是我事先构思好的情人的形象,和电视剧里常见的那种梦想破裂不一样,我确定遇到了自己的构思。

不过我迟到了。豆豆既是老罗的梦想,也是现实。

有的爱情可以像花一样开放,有的爱只有黑夜知道。

老罗走后,豆豆就没再来我们住的地方,她是个面临毕业的大学生,或者去美利坚合众国,或者去找一份工作。老罗走后的第二十二天,已经过了12点,我在柜台后边发呆,但是有顾客进来,我还是知道的,这个时间段,顾客很少,偶尔来的都是加班的白领或者的士司机,也算是提提神,进来一个扎着马尾的学生妹我还是多看了两眼。她的刘海很长,遮住了额头和眼睛,进来后直奔后排的零食区,大概挑挑拣拣了有五分钟,最终似乎没有找到值得付钱的东西,右转到杂志区,就站在那儿看杂志,没有塑封的杂志翻开就看,差不多有一刻钟她都没有动。她大概感觉到我在看她,就转头朝向我,是豆豆。她朝我笑笑,走到我面前,没认出我来?我说,你头发长了。她问,有没有老罗的消息?我摇摇头,他没有联系你吗?她也摇摇头。

我们两个在便利店门口,有一搭无一搭地聊天,她学会了抽烟,姿势是我喜欢的那种,每一次弹烟灰都微微低下头,刘海就滑下额头去,挡住正对我的半边脸,我只能看到她的鼻尖,鼻翼上有星星点点的汗珠。

豆豆,你不舒服吗?

没有,我只是想告诉你,老罗不会联系我的。她说,我一直都认为老罗是爱我的,我们两个是在篝火晚会上认识的,那天晚上有一堆人簇拥在周围,我们很快找到对方的眼睛,和火一起燃烧。他真是个不错的玩伴。老罗走之后,我其实并不那么难过,就像一个很好的朋友去了远方。我昨天在信箱里发现了一封信,是老罗的。他说,豆豆对不起,我已经不爱你了。这句话让我觉得我居然是那么爱他,我想满世界去找他。

爱与不爱多么像一场文字游戏。

这句话我没有说出口,我说,我也想去找他,看看他是怎么想的。可是我不能去,便利店这个月是我值夜班。豆豆侧过脸去没有看我,大概有点不高兴,她问我,你说老罗到底去哪里了?我说,只有老天知道吧,我昨天登录了他的邮箱和MSN,他好像都没有再用过,也没留下什么疤迹。她问我,你说老罗到底为什么离开呢？我笑着说,大概是去找另外一个喜欢的女孩吧。豆豆说,谁知道呢？没准就是这样的,我们就忘了这个丢下大家独自去享乐的家伙吧。豆豆丢下手中的半支烟,拍了拍发麻的腿。

那天晚上,我们喝了五罐啤酒,我半清醒半微醉地吻了豆豆,她也很用力地回应了我。门外2摄氏度,煮开的热水咕嘟咕嘟地冒着热气,不时地有亮得刺眼的灯光扫进来,一转眼又消失了。

五

豆豆之后再也没有回来过,她打过两次电话,一次告诉我她在甘南的一个喇嘛庙里,遇到了让她瞬间被攫住的感觉,她自己说完话没等我惊异地回话就挂了;一次说在云南大理的高速路上,她搭别人的车,在路上停下来让我听穿过马路的羊群的叫声,背景是她的大喊大叫。她给我留过五次言,有时候是微信,有时候是QQ,都是汇报自己在哪里,像那种躺在信箱里的明信片,很像欧美人的做派。

老罗的台历摆在我的桌子上,日期加上一些简短的暗语,有的我能猜出来,比如"植物宝宝",现在我知道那是和豆豆约会;有的很明确,老爸的生日或英超联赛;有的我无法猜出来,尤其是11月2日的"吴晓晓",我从来没有听说过这个名字。我打电话给大风,你认识吴晓晓吗？大风说,我以生命发誓,只要我见过的女孩,我第一件事就是记住她的名字,并且终生不忘。然后我又拨了豆豆的电话,响了一声就被摁掉了,我留言给她,问她认不认识一个叫作吴晓晓的女孩？豆豆很快回了,不认识,我只认识男孩。

大街上有了新年的气氛,商店的折扣海报占据了橱窗的半边脸,特别显眼和招风,高音喇叭发出招徕顾客的声音,在这个城市再也没有人和我讨论一个叫作老罗的人,这让我显得有点寂寞。大风如约完成了老罗的短信录入工作,我在边啃面包边上网的时候看到了他发给我的信息,打开附件,里边是老罗收到的325封短信,和曾经发出去的232封,有的只是一个表情,有的像一篇辩论文章,有的说今天的天气,有的在讨论一个机械故障。老罗和豆豆的每一封短信,我都认真看了,看的时候,觉得豆豆就在旁边和我聊天,我觉得自己心跳加速,手心出汗,但并没有找到老罗离开的原因,这让我自己觉得在偷窥隐私,但想到大风和豆豆都看了,瞬间原谅了自己。大风说最近他不能过来,因为要期终考试了,他在恶补英语和政治。我说我觉得自己的神经开始变得越来越衰弱,越来越敏感,四个胸腔空洞得苍凉,天色一黑我就觉得冷。他说你小子自己要注意身体什么的,他说这话的时候语气婆婆妈妈的。

六

开门的是一个完全陌生的面孔,他露出半个身子,一手扶着门问,你找谁?我一紧张忘记找谁了,结巴了一下,找、找老罗。他说,老罗走了。我尴尬地说,这我知道,我找老罗的同屋。他闪开一个人的空间,让我进去,他的眼神好像对我不太放心。我看到老罗的舍友,好像是叫齐天的,他也回头看到了我,我说,你好,打扰了,我有点事情想问你一下,关于老罗的。齐天对刚才那个陌生面孔说,他是老罗的朋友。我们彼此点了下头,算是认识了。

齐天说,那你问吧。

我说你认识吴晓晓吗?

齐天说,从来没听说过这个名字。老罗的朋友?

我说,可能是,我在老罗台历上发现的。

齐天说,老罗不是很爱说话,你们那么熟都不知道,那我就更不可能知道。不过老罗走之前倒是经常打电话,一聊就聊好久,对方应该是个女生,我觉得应该是豆豆。

我说,应该是,谢谢你,我走了。

齐天拍拍我的肩膀说,哥们,别太难过,老罗会回来的,相信我。

那天很像在拍电视剧,我很刚毅地走出了学校,没有回头。在一排落叶松的缝隙中,我知道齐天和那个陌生面孔,在窗户上看我。有时候我们需要略带矫情地活着和猜想生活。

七

我妈打电话来说,你不是病了吧? 怎么这么久都不打电话回家。我说快过年了,有点忙,身体还不错,就是没有什么精神。妈妈让我去中医那里抓点药或者去喝点滋补的汤之类的。我在膏方海报前徘徊了一阵就回去了,我觉得自己太年轻了,无论和这个解放了六十年的城市相比,还是和在电话前唠唠叨叨的妈妈相比,喝中药让我觉得老态龙钟。

我把自己和妈妈的对话说给喜姐听,她说,小孩子别喝那玩意,多喝点水,一天八杯水。喜姐一边说,就拿起柜台底下的大玻璃杯子,咕咚咕咚喝起水来,她的胃真大,一次就进去了大半杯。便利店的电子门不停地开关,在背后

挑绷头

发出叮咚声,每一个买东西的人都不看我的眼睛,他们低头在钱包里扒拉零钱或者查看我递给他们的收银条,然后从那扇自动门里离开,对面的大街在早班的人潮过后有点空空荡荡的感觉,旁边的公交车站上有几个低头看报纸等车的乘客。

喜姐打了个哈欠,她刚换班,不一会就感染了我,我也觉得有点困倦,伸了伸懒腰,长长地舒了口气,店里没有顾客,我的精神一下子就松了下来。那个女孩进来的时候,我一定是在走神,直到听到她和喜姐说话的声音才让我回过神来。喜姐抚摸着她的头发对我说,我女儿。然后对那个女孩说,晓晓,这是何林哥哥,哎哟,该叫你哥哥还是叔叔?我说随便叫,朝那个女孩笑了一下,你好!她只是低头笑,没有回答我。她和喜姐倚着柜台玩一种在手指上缠绳的游戏,我一看就知道是挑绷头。两个人很专注,很开心,绳子在女孩的手上绕成一个死结,喜姐就说,不玩了,有顾客进来看到不好。小姑娘好像没有尽兴,她问喜姐,妈妈,罗念哥哥最近没来吗?他也很会玩的。我知道这话是说给我听的,似乎在试探我会不会玩,可是我还是被她话里的某个词的发声给打动了。

罗念,哪个罗念?你怎么认识他?

我们一起玩过。

喜姐插话说,就是那个男生,替你值班的罗念,忘记了?晓晓过来找我就认识了。

我点了点头,那么你叫吴晓晓?

是呀!口天吴。

■ 集散地

　我说,吴晓晓我也会玩挑绷头。

　我拿起那条两头打成结而成绳圈的印花细绳,晓晓用双手将绳圈绷到手上,做出五角星的花样,我用双手钩、挑、拉等动作变换成浅口大碗的样子,晓晓再把绷移到自己手中,绕成降落伞、老鹰、乌龟壳,再绕回我的手指的时候,绷散架了,打成死结。于是我们再来一次,那条印花绳环绕于晓晓的双手间,撑开在空中,绕成长江大桥,我看到中空里有一张老罗的脸,换手之间就成了一团乱绳,游戏就终止了。

下落不明

正准备洗澡的蒋小雅发现人字拖鞋的带子断了,不得不重新换双鞋上街,一出楼门,她就有点后悔,衣服穿少了,居然冷得牙齿发抖,街上起了一阵凉风,夜晚的温度比白天低了不少,楼门咣一声关上了,她重新回去加件衣服的念头随之终止,一个人晚上去二十分钟路程的家乐福超市买双拖鞋的动力也被清冷冲淡了。不过即使如此,蒋小雅在惯性支配下还是朝着家乐福的方向走着,就是步伐没么稳定了。好死不死,碰巧在拐角处发现一家小店,"走天下"三个荧光字在夜色里格外亮眼,夹脚拖鞋的一个个人字爬满了门墙。蒋小雅犹犹豫豫地挤进去,拿起一双亮紫色白底的拖鞋,掰了掰底,有弹性,闻了闻没有刺鼻的味道。一个女人的声音铿锵有力地砸过来,我一直穿这鞋,耐穿,相当舒服。

蒋小雅看了她一眼,应该是老板娘,她正在电脑后面的桌子上吃盒饭,她走到蒋小雅跟前,伸出自己的脚,提了提裙子,瞧,同款不同色。老板娘的脚趾头在拖鞋里蠕动着,发出邀请。蒋小雅抬起头盯着自己手里的拖鞋,问我能试试吗?她在两米见方的店里结结实实地走了几圈,没什么不妥,真没什么不妥。十块钱拿下马上就可以回家,外面太冷了,她出来的时候是小跑着跳下店门口的台阶的。

蒋小雅提着用红色塑料袋装着的拖鞋,没有任何包装的地摊货,一路摇摇晃晃地想笑。想起老妈任丽丽看到自己买名牌衣服时鄙夷的眼神,我买了一辈子地摊货,照样活蹦乱跳,有钱烧的你! 蒋小雅给任丽丽拨了个电话,任丽丽在打麻将,满耳朵都是哗啦哗啦、哐哐当当的声音。

妈,干吗呢?

明知故问嘛,还能干吗? 搓两把。怎么了? 有事?

没事,我就是想你了。

哈哈,妈收到了,妈也想你,要死,胡了。

任丽丽的笑声震得她耳朵疼,蒋小雅看到绿灯亮了,就挂掉了电话。

蒋小雅在浴室里洗澡的时候,已经超过10点了,她是在晚间剧场播完之后,突然想起自己没有洗澡的,这个词汇一下子就袭击了她的大脑,她想干干净净地度过漫漫长夜,虽然只有一个人。一种无限浪漫的情调从三十五平方米的小房子里的角角落落冒出来,她就要这种芳香四溢的夜晚。可能是太过专注于制造浪漫情绪了,她还哼起了一首歌,《今夜你会不会来》。然后她就在浴室的地板上滑倒了。人字拖太劣质了,不防滑,她以双腿劈叉的姿势摔倒在地上,右脚还撞上盆架,稀里哗啦一阵响,她被摔蒙了,过了好几秒才想到爬起来,双手撑着地好不容易爬起来,她才意识到右脚可能骨折了,那种疼应该可以叫作疼得忘记黑夜白天吧。好在手机就在储衣篮里,但穿越这个二十厘米的距离,她就已经大汗淋漓了,她不奢望能自己去医院了。拿着手机,这个时间点她不知道该通知谁,老妈距离太远,打过电话去不是要她着急上火吗? 一个办公室的同事人都不错,工作上也很照顾自己,可是年纪差距都在 10 岁以上,男同事怕引起人家家庭问题,女同事都是比自己年纪大的,有家有口,叫人家出来好像不是很妥当。大学同学留在这个城市的只有周洁,一起疯玩一起逛街,一起骂男人,一起吵嘴,不过这个钟点,周洁现在肯定和两地分居的男朋友腻歪着呢,打扰了他们的二人世界,虽说情非得已,总觉得还是有点过分。她脑子里划过几个名字,爱过的、被爱过的、分手的、暧昧的,又迅速删掉,最后她想到了郑来勇。

"郑来勇"这三个字在脑子里跳出来,她自己都吓了一跳,怎么会想起他来呢?

蒋小雅喜欢网购东西,海淘、代购什么的都是家常便饭,有一次是货到付款,那天她的钱包落在单位了,正好身上又没有钱,来送快递的是郑来勇,她在网上追踪订单的时候,看到快递员郑来勇正在派件,已经电话确认过了。蒋小雅像热锅上的蚂蚁,不知道怎么好,219.5,这个数字跳来跳去。怎么办? 她搜箱翻柜,把所有的平时落下的零钱都找出来,存钱罐里的,化妆台上的,马桶水箱上的,最后她用鞋盒子装了半盒零钱。郑来勇到的时候,她终于差不多凑够了。

郑来勇按了门铃,咚咚咚咚踩着楼梯上来了。他说你的快递,219.5,现金还是刷卡?

现金,零钱行吗?

行。都是硬币?

嗯。

蒋小雅把鞋盒子拿到郑来勇跟前。

啊哟,我算是碰到厉害的了。没现金?没卡?

嗯,都落在单位了。

那好吧,那来数数。

郑来勇看了看鞋盒子,看了看楼梯,用手抹了一把额头上滴滴答答的汗说,在楼梯上数?

蒋小雅看了看那一鞋盒子连分都有的硬币说,不然进屋来吧。

一个送快递的男人进一个单身女人的屋,蒋小雅之前是不可能允许的,但人在屋檐下不得不低头,自己找了这个大麻烦。不过蒋小雅还是有提防之心的,她把房门大开着,顺手把快递箱子倚在门上,防止楼道的风把门带上。她尽量离这个浑身汗味的男人远一点。

郑来勇说,先数一块的,10个放一摞,数够100给我装起来,我记下整数,然后再数一毛的,一分两分的那种我怕是不能要,花不出去。你是做什么的?

蒋小雅很本能地沉默了几秒钟,又觉得不礼貌,也许人家就是随便搭讪一下,啊,做设计的。我还以为你是卖菜的呢。蒋小雅对"卖菜的"三个字皱了一下眉头,后来又觉得自己过于敏感,你才是卖菜的呢!

郑来勇说,卖菜的怎么了?不偷不抢,靠力气吃饭,靠勤奋持家。开玩笑呢,你怎么也不会是卖菜的,是高级白领吧?

蒋小雅说,数你的钱吧。

郑来勇就打住了话头。蒋小雅把数好的零钱倒在塑料袋里递给他,他说声"再见"转身就走了,下到楼梯转弯的地方,他来了个回马枪,仰起头,晃了晃装在塑料袋里的半袋子硬币说,蒋小雅,我记住你了。

蒋小雅记住的是郑来勇仰起头来的那个眼神和笑容,像《山楂树之恋》里的男主角,能够让时间停下的那种明快,很灿烂,如果没有这一仰头的动作,她也许根本不记得他长什么样子,而他这个峰回路转,让蒋小雅记住了他风吹日晒形成的古铜色脸,洁白的牙齿,棱角分明、撒播了几粒青春痘的面庞,竖起领子来的白色 T 恤,领子上有一道淡绿色的细边。

不考虑他的职业,无论相貌还是穿着,他都不像这个行业的人。她心里想,也许他是个快递公司的管理人员,快递员没有时间,找他代班一下。想到这里,蒋小雅觉得自己实在是想象过度,因为她听到了电瓶车发动起来的声音,不用看就知道,电瓶车有一个巨大蓝色筐子绑在后座上,里面塞满大大小小的包裹,缠着各种胶带。他只是疾步穿行在大街小巷、停泊在各种楼道口的寻常快递员,只不过他长相帅气一点,年轻一点,穿着时尚一些罢了。

这一个月里蒋小雅购物的频率上升了一倍,从迅速透支的信用卡就看得出来。她虽然喜欢购物,但还是在理性范围内的,不会到月光族,不会到寅吃卯粮。等到她发现自己可能是想多见见郑来勇的时候,她自己都有点不相信。她在网上找了十套心理测试题,测试是不是爱上一个人了,结果都是显示:是。来送快递的十有八九都是郑来勇,蒋小雅分析,可能是郑来勇的公司在附近有门店,因为有一次蒋小雅不在家,郑来勇说放在门店,让其他人晚上送过去。偶尔有两次是其他人送过来的,蒋小雅觉得自己的步伐明显不是很轻快。

郑来勇每次见到蒋小雅也很高兴,如果不忙就会多说几句,不外乎是问她

◼ 集散地

又买了什么宝贝啊。蒋小雅高兴就多说几句,不高兴就冲他一句,你管得着啊。郑来勇有一次说,能给我添点热水吗?从背包里拿出一个大玻璃杯子。蒋小雅转身回去倒水,郑来勇很规矩地站在门口,拿着单子等她签收。

你进来吧。

不用了,那多不好意思。

没关系,我们这么熟了。

郑来勇小心翼翼地在垫子上擦了擦鞋子,蒋小雅说不用的,地板也不干净。郑来勇还是很认真地擦,然后踮着脚尖走到她倒水的桌子旁,是红色桌布的圆形桌子,上面只有一台笔记本电脑,电脑上正在播放陈奕迅的歌《富士山下》。他的眼睛不自然地到处看,又不能盯着看,在不知道往哪里落脚的时候,只好盯着电脑看,我也喜欢陈奕迅呢。蒋小雅没有接这句话,她把乐扣的杯子装了半瓶热水,又兑上半瓶凉开水,顺手切了两片西瓜递给他。他们两个敞着门,坐了不到五分钟,郑来勇吃西瓜发出刺溜的声音,吓了蒋小雅一跳,他似乎也意识到了,把嘴巴埋在西瓜里,闷着声吃完了剩下的,嘴巴上留下了西瓜汁,他手忙脚乱地找餐巾纸。蒋小雅递上去,他去接,她直接按在他下巴上,轻轻地擦了擦。他的面颊红了,本能地躲闪了一下,这下更糟了,她的手直接触到了他滚烫的脸上,她没有停止手上的动作,尽可能自然顺畅地进行下去,帮他擦干净,然后揉了揉纸巾起身扔到垃圾桶里。在这个空当,郑来勇说我走了,她只听到门哐当一声关上了,一阵跑步下楼的声音。事后,蒋小雅对自己的解释是,他像自己十分喜欢的一个表弟,从小对他照顾惯了,一时没有收住手。即使有这个自我解释,她还是有好长一段时间没有购物,也许这个解释连自己的怀疑都圆不上。

为了参加毕业十年的活动,蒋小雅在网上看得眼睛都酸了,淘到手的不是一件礼服,而是一年四季的礼服。郑来勇打她的电话说,蒋小雅你的快递到了。他的口气很平淡,好像忘记了上次的事情。她问,几点送过来?他说3点。她说,噢,那我就不睡觉了。他声音有点着急,你睡吧,我晚点去,我先送附近几家的,最后去你那边。

临走的时候,郑来勇说,别乱买东西。关你什么事!这句话蒋小雅没有说出口,她只是笑了笑。他说话的口气,跟外面溽热的天气不一样,不冷不热正合适,除了任丽丽还没有谁对蒋小雅说过这句话,也许说过,比如正忙于结婚的前男友于波,不过那是担心花他的钱,口气比较急躁,比如前前男友,蒋小雅懒得提及他的名字,那是因为上学的时候的确没有钱,担心没有生活费,说出这句话的时候声音很轻,带着无论走到哪里都卸不掉的卑微。蒋小雅与前前男友是毕业之后各奔东西的,分手这个事真是千奇百怪,有多少种爱情就有多少种分手,见惯了各种剧情,为了在一起奔走运作的、无法在一起上演生离死别的、临近毕业背叛的、结新欢的、搭乘爱情末班车的等等,遇到这种戛然而止,没有下文的,也是蒋小雅的奇遇之一。前前男友跟她几乎默契地不谈这些,在毕业散伙饭后,他把蒋小雅送回宿舍,她一口气跑上楼,趴到窗户上往下看,他已经走了,平日他都是等她挥手叫他回去他才离开,蒋小雅觉得他可能是喝酒喝多了。分手之后,不是剧痛,反而像卸掉了一些包袱,她觉得天空瓦蓝高远,一切都是簇新的。

有那么几个心情不好的日子,比如阴天的黄昏,毕业季的某个夜晚,生病

■ 集散地

一个人在床上的时候,她想起他,忍不住就流下泪来。他是个温和的人,一直都是不温不火的,声音是男中音,但也的确曾经非常爱过她吧,冬日的早上把早餐送到楼下,下雨的时候总多带一把伞。不过,在重新恋爱的时候,蒋小雅还是很迅速地忘记了他,有时候她觉得自己是个无情的人,因为她发觉已经无法拼凑起他的样子。可能是时间更无情吧,五年,1800多个日日夜夜,这样流水不停地向前走的话,已经走到天涯海角了吧。她在空间里感伤地写下一行字:我们找不到彼此了。其实蒋小雅自己都知道这就是一种情感需要,在这个通讯如此发达世界,如果你刻意去找一个人,恐怕就是天涯海角也能捞出来,如果你不想找,近在咫尺恐怕也看不见。他们就这样失去了联系,偶尔还能听到他的一些消息,知道他毕业后去了新疆支教,后来又回来,在一个医药公司就职。

郑来勇接到蒋小雅的电话后半个小时就赶过来了,他把连疼加累而大汗淋漓的蒋小雅抱到楼下,打车赶到医院,结果没有想象那么严重,右脚二指伸筋腱不完全断裂,要做个小手术并用针头通过指甲把它固定在骨头上。医生说固定三个星期取针头,取完针头就能下地走路。是个小手术,但几乎折腾到天亮,郑来勇跟单位打电话请假,进进出出病房门好几回,好像是很不容易才请下来。

蒋小雅因为不好意思而虚让了几回,让他不用担心,自己一个人可以应付,他没有让她失望,坚持送她出院回家。雾气蒙蒙的大街上,车辆已经开始拥堵,她侧脸对着他,眼睛盯着前面路上那些挤挤挨挨的行人和车辆,红灯亮的那一分钟,一边安静得像死亡,另一边像热锅上的蚂蚁。这就是安静地坐在车里的自己与内心翻腾的对照,仿佛此刻她才觉得郑来勇真是个好人,不然自己回去大概要哭一场才能缓解这个困局吧。

回到家,蒋小雅被扶到床上,靠在枕头上,郑来勇坐在沙发上,两个人有一搭没一搭地聊天。郑来勇说自己当过兵刚退伍暂时没找到合适的工作,她心里想怪不得身材这么好,穿衣服也整洁帅气。蒋小雅说,从第一回认识你就觉得你是个好人,原来真是好人。郑来勇回了一句,好人坏人还写在额头上啊?她说,真谢谢你。他说,你要是没人照顾,我这几天就多跑几趟。

大概是累了,蒋小雅在星星点点的疼痛中越走越远,郑来勇问了一句,要不要告诉你家人呢?听不到她的回话,转身一看,她已经从枕头上滑下去了。趁着她睡觉的时间,郑来勇焖了饭,煲了鸡汤,还做了几个菜,蒜泥生菜和西芹百合,红烧肉可能是放了八角的原因,房间里充溢着浓得化不开的肉香。她醒过来的时候吓了一跳,你怎么会做饭?他说,你这里材料不多,不然我还能露一手。他说,在部队什么没学会!这都是小把戏。他把阳台上晾衣服的挑杆做成一个简易单拐,头上裹上厚厚的布条,布条是从阳台废物篓里找到的。蒋小雅略显崇拜地望着他,你真行啊。郑来勇不好意思地笑了笑说,我去上班,下班后再来看你。

蒋小雅觉得从昨晚到现在仿佛去了一趟爱丽丝梦游奇幻的旅程,跌进深谷遇到了仙境。郑来勇每天晚上下班后都过来给蒋小雅做饭,做双份的饭菜,盛出一份留着明天中午吃,早餐蒋小雅自己能对付。两个人对坐着吃饭,好像也蛮聊得来,天南地北、吃喝玩乐。蒋小雅说,其实你不用每天都来,如果你忙的话,我可以叫外卖或者请个钟点工。郑来勇说,没关系,我住集体宿舍没口福,顺便自己也改善生活了,再说咱们已经是朋友了嘛!蒋小雅没有接话,他丢给她一个眼神,难道我说错了?蒋小雅赶紧回他,对啊,我们是朋友啦,患难见真情嘛!

就这样过了一个星期,郑来勇买菜做饭,晚上急匆匆赶回半多小时路程的宿舍,一早还要杀到公司。蒋小雅看着郑来勇疲惫的身影,实在过意不去,让郑来勇晚上住在家里。他没有拒绝,好像是住进熟悉朋友的家里,他背着一个双肩包就进来了,里面是他日常用的衣物。阳台上有个沙发床,那是为妈妈和周洁常备的。

晚上他们一起聊天,他谈他在部队的生活,野战的经历,他说和战友在原野上吃烤野鸡,一抬头就是漫天的流星雨,真神奇啊!蒋小雅就说自己小时候在家乡的事儿,城中心有个龙山公园,公园里经常出事,很多诡秘的事情,一个女孩被砍碎了撒在假山上,整个小城晚上都没人敢出门。他们两个人的对话就是各说各的,都有选择性,没有互相提问,都没说自己的家人。蒋小雅曾经听于波说过,如果一个男人爱上你,一定会告诉你他的童年往事。这句话可以验证之前的男人们都真爱过她,不过真爱过又怎样,这事本来就很可笑。郑来勇没有说自己的童年故事,可现在身边的人只有他。她扫了一眼沙发床上的郑来勇,他发出微微的鼾声,隔着一层门帘,就像在自己身边。

三个星期很快就过去了。郑来勇爬上蒋小雅的床的时候,她没有拒绝,或者她曾经发出过暗示性的邀请,被他顺利破解了。他们俩躺在了一张床上,汗涔涔地抱在一起,房间里面每一寸空间都是他们喘气的声音,压过了夜晚的寂静,飘浮得到处都是。蒋小雅觉得自己肯定是被天气控制了,闷热到空气都凝滞了,高大的杉树有五层楼那么高,纹丝不动,从阳台上看到楼下的老太太戴着老花镜坐在树荫里剥毛豆,女人们挤到理发店烫头发,头上花花绿绿的卷发器晃着眼睛,啪嗒啪嗒的拖鞋声、咚咚咚咚的高跟鞋声、嘻嘻哈哈的调笑声都让她把手心攥出汗来,她不可遏制地想要跟他抱在一起。她爱上了跟他在一起的生活,郑来勇早出晚归,早上起来就忙碌着做饭,留一份在饭盒里给她做午餐,晚上回来带回新鲜的食材。她除了吃饭,就是睡觉,好不容易挨到傍晚,就坐在沙发上等待他回来的一切声响,听到楼道里响起咚咚咚咚的脚步声,她就知道他回来了,在他进门的那一刻她一定站在门口,跳上去又亲又抱。

  蒋小雅请了一个月的假。老板打电话问,脚伤怎么样了?她说,基本好了,走路还是不太舒服,想再休息一下。老板很大方地说,好好休息,等好利索了,赶紧投入火热的职场。蒋小雅把老板的话换了个字,投入火热的情场,发给郑来勇,他回报给她的是更多的激情。

  郑来勇在做麻辣烩鱼,房间里到处都是火辣辣的味道,蒋小雅几乎都待不下去了,她甚至有点担心这味道会侵蚀到她的精美杂志里面去,或者担心把她的香水串了味道。他的电话响了,她不耐烦地喊,郑来勇,电话,电话。她其实希望这种浓烈的烟火味道能停下来。他说,你递给我。蒋小雅捂着鼻子凑到他跟前,他看了一下屏幕,说,我出去接一下电话。她说,在这里接不行吗?他一脸尴尬,是我妈的电话,慌乱中按了挂断键。待会我打回去,他好像是在解释。她说,我刚才开玩笑呢,瞧你紧张的,你出去接吧。他打了大概半个小时,做好的菜都凉了,蒋小雅又热了一遍,他才拖拖拉拉地进来。两个人吃饭的时候,好像空气中隔了一层纱布,都看得见它的存在,但也的确不妨碍什么。他们很快又恢复到自然的状态,吃完饭,他们第一次到楼下散了回步,像那些大街上的情侣一样,他揽着她的肩膀,她挽着他的胳膊。

第二天郑来勇在她午睡的时候开门进来,躺在她身旁,等到她自然醒了,他却睡着了。等到他醒过来,两个人做爱的时候,她居然哭了,哭得没有来由,但很伤心,他安静地等着她平复下情绪,他揽住她的肩,她好像燃起了熊熊大火急着逃命,却遇到了拦路虎,在他的肩膀上狠狠地留下了一个牙印。

周洁知道蒋小雅的脚受伤了,每个周末都说过来看她,每次都是临时有事来不了,蒋小雅每次都让郑来勇先回家,周洁电话说不能来的时候,她只好一个人打发夜晚的时光,看电视、跟任丽丽煲电话粥。周洁突然来的这一次,事先没有打电话,她大概觉得蒋小雅一个单身女人,还受了伤,没什么提前预约的必要。周洁是晚上来的,她准备在这里睡一晚上,好好聊聊八卦,她没有按门铃,说是在楼门口遇到了这个楼里的人,跟着进来的。蒋小雅指着围着围裙的郑来勇说,我表弟。周洁的眼神立刻就哂笑起来了,蒋小雅知道她不会相信,她的社会关系周洁几乎一清二楚,况且自己还撒了这么老套的谎!郑来勇很知趣,做完饭,就推说公司有事找他,下楼走了。蒋小雅觉得很抱歉,发了一条短信给他:对不起。他只回了一个微笑的表情。蒋小雅那天晚上面对周洁轮番拷问,就是死不交代,王顾左右而言他,只说是远房的亲戚,临时过来照顾。蒋小雅知道,一旦露一点口风,周洁就会顺藤摸瓜,要打破砂锅问到底,而且保不齐还会惊动任丽丽。周洁见蒋小雅死守,就放弃了,爱谁谁吧,姑娘大了,心思野了,不把我放心上了。两个人开开心心地嬉笑了一晚。

这个小房子是她毕业后的第二个家,第一个家是地铁旁的一个一居室,出门就是一条商业街,晚上则是自发性的夜市,小商小贩准时在太阳下去的时候从各个角落冒出来,花花绿绿的衣服摆得水泄不通,她和周洁一毕业就住在那里,那时候她们生活得很自由自在,也不在乎什么牌子,胆子大胃口好,几乎不做饭,吃遍了附近的小吃街。从第一份工作,毕业后的男朋友,差不多五年过去了,两个人都开始忙起来,周洁升任杂志的策划部经理,经常加班,为了身体考虑,她开始养生,吃各种维生素,花花绿绿的小药片,去按摩艾灸做瑜伽,去看中医,她说最好喝点花茶,杂七杂八的东西都被戒掉了。后来周洁搬到男朋友的房子里去了,邀请蒋小雅去过几次。第一次去的时候蒋小雅还是很羡慕的,房子很大很漂亮,布置得简洁而清新,两个人坐在阳台上喝那种一口一杯的花茶,苏州河似乎就在脚下。生活真不是可以倒带的磁带,那一天开始蒋小雅的生活开始同步转变。她几乎丢弃了所有拉拉杂杂的东西,转到现在住的这间房,她的唯一要求是干净,她觉得自己不能再忍受周围那种乱糟糟的环境了。心情的改变带来的工作的改变,牵一发而动全身,蒋小雅也顺风顺水起来,她被调往分公司成立了新团队,她是组长。

后来周洁男朋友到外地任职一年,周洁又说让她过去一起住,蒋小雅拒绝了。她说,你还是找个别的男人一起住吧。周洁说,你比任何男人都好。蒋小雅说,我信你才怪。周洁也就是说说,并不是真想让她过去,偶尔过去打打牙祭,聊聊八卦,吃吃喝喝还是需要的。蒋小雅在第二个家里安营扎寨,先是迎

■ 集散地

来了于波,过了一段安稳浪漫的生活,在结婚的这个坎上没能过去。过不去的原因琳琅满目,可以从早数落到晚,任丽丽漫不经心地说那是不够爱你。蒋小雅承认任丽丽是个一针见血的人,什么话从她嘴巴里说出来就是甩着泥巴点子,也能把人碰得生疼。

这个房子是20世纪90年代的次新房,周围住的老人居多,可能是早年动迁过来的,交通比较便利,门口就是地铁口,对面是一对信佛的老夫妻,楼上有一个退休老警察,经常被老婆赶到楼道里吸烟。每次遇到,他都会主动讲话。第一次遇到他,蒋小雅还是很不习惯的,他穿着那种怀旧电视剧里常见的蓝色秋裤,整个楼道里弥漫着呛人的烟味,蒋小雅捂着鼻子往上冲。

他没有任何铺垫直接就问,你是二楼的吧?

嗯。

垃圾不倒,往门口放。

我没放。

噢,那我记错了,可能是你楼上那几个群租的男生放的。天气不好,会生苍蝇的。

知道了,我不会放的。蒋小雅头也不回地冲进家门,才舒了一口气。接下来又有两次,老警察问了同样的问题。

蒋小雅有点不耐烦,你是不是太健忘了,我说过我不会扔垃圾在门口的。

不扔就好,我只是提醒你。

提醒过两次了,你烦不烦?

小姑娘,你是做什么工作的,说话这么不文明。

我做什么关你什么事？你是警察啊，查户口啊？

我以前是警察，现在是楼长，要负责这楼道里的卫生。

好吧，前警察，蒋小雅想真是败给你了。

我做设计，平面设计。

噢，那是不错的工作。

还行吧。

工资多少？

蒋小雅在心里把他打翻了好几次，要是说五千可能被他瞧不起，虽然跟他没半毛钱关系，说太多被他看出来也很倒胃口，勉强说出一万多吧。

噢，那不错，好好攒钱买个房子不是问题。我这个楼，刚买的时候才十万不到，当时一下子买了三套房子，现在我光靠房租就花不完。

蒋小雅觉得一个警察这么爱跟人掏心掏肺地说话可真不符合她对人民卫士的想象。尽管不待见老警察，对他炫富也没什么兴趣，但是她觉得有个老警察住在一个楼道里，还是增加了不少安全感，他那刺目的蓝色白条的秋裤也就不那么搞笑了。

蒋小雅脚可以下地以后，在屋里就待不住了。她想到小区里晃一圈，跟着郑来勇跑一天快递，或者去买拖鞋的店里骂一顿老板娘，或者不经预约到周洁家里刺激她一次，真是坐地日行八万里，不过最实际的就是，到楼下信箱拿电费水费单。她清理了一下信箱，垃圾广告、传单、免费杂志塞了个水泄不通，老警察站在她背后她都没感觉到。小姑娘，我可能是多话了，是不是你忘记锁门了？

■ 集散地

■ 144

    蒋小雅尽管被吓了一跳,还是假装很有涵养地把惊吓吞了下去,不能吧,什么时候的事啊?我看到经常来送东西的那个快递员好像进你家去了。蒋小雅支吾以对,噢,我让他进去的,帮我搬个箱子,我自己脚不好,不方便。蒋小雅觉得自己好像被这个老警察看到裸体一样,浑身上下不自在。他似乎还想说什么,蒋小雅没给他机会,直接上楼了。

    第二天,蒋小雅又遇到了退休的警察,她怀疑老警察一直在门口等她。他说,小姑娘,你年纪小别被人给骗了,你怎么能跟那样的人在一起呢?蒋小雅觉得全身的血都冲到脑门了,脸热烘烘的,没好气地说,我年纪不小了,谁跟他在一起了?不过说话的口气还是没自己想象中的硬气,她只能逃跑。她不用看都知道,那个老警察肯定眼直直地盯着她的背影,一边吸烟一边狐疑。第三天出门,没有遇到老警察,不过结果更坏。她遇到了对面的老年夫妇,以前有打过招呼,这一次,她怀疑两个老家伙跟警察串通好了,否则怎么会那么巧,他们什么话也没说,就眼直直地看着她,好像从不认识的一个怪物面前走过一样。这个楼道的人动迁前是一个村的,大家都认识,刚搬进来的时候,她跟对面老夫妇闲谈过几句,老警察还过来插话。他们早上在同一个公园打太极拳,然后去同一个菜市场买菜,傍晚到楼下遛狗,或者老警察直接到老夫妇家敲门,一天有这么多机会把蒋小雅的秘密捅出去,然后这个小区的人就会知道,然后他们在背后摇头叹气,可惜这么个女孩子了。

    任丽丽说要到大城市散散心,在电话里有气无力的,不再像是个演话剧的那样高声贝喊话了,蒋小雅猜可能是和老铁有什么不愉快的,或者她意识到自己老了。

蒋小雅跟郑来勇说,我妈妈说过几天要过来看我。

郑来勇说,那我就不过来了。

蒋小雅以前迷过昆德拉的《生命不能承受之轻》,那时候真是本大热的书,满校园的人都在看,而且被"轻"字打击到的人据说很多。昆德拉说,生命中只发生过一次的事,就等于没有发生过。郑来勇没有再来,也没有打电话,没有发短信,一天,两天,三天,她每天都盼着他能发个短信说点什么,或者打个电话寒暄一下,结果什么也没有。过了一周,蒋小雅开始担心他会发些肉麻的话,或者担心他打电话说晚上过来之类的,她觉得自己好像没有认识他一样,于是她果断地换了个手机号,这下她终于平静了。就和前前男友一样,郑来勇被时间一下子吞下去了,下落不明,仿佛在地上留下一个黑洞,不过它越来越小,不趴下来仔细看是绝对看不清楚的。

到了一定的年纪,会觉得古人的话大部分都有道理,譬如伤筋动骨一百天,蒋小雅扳着手指数到一百天,她的脚趾已经好得没有任何症状了,借着任丽丽灼人的生活热情,她又搬了一趟家,她还是坚持自己的消费观念:便宜无好货,爱挑剔、爱网购,送快递的小伙子、中年人、老年人经常按她的门铃,让她签字,偶尔货到付款的还要刷卡或者交付现金,他们都是男的,但她再也没有看清楚过他们当中的任何一张脸。

■ 集散地

■ 146

仙人掌

叶诤等他坐在位子上消停了之后,仔细看了他一眼:秃顶,肚子把纯棉T恤顶出半个椭圆弧,腰上的皮带被凸出的肉遮住了,两只手并在一起紧紧抓住一个提手脱了皮的棕色皮包。

刚才他真是吓了大家一跳,一米八的大块头砸开了人群,呜,啊,哎,一阵尖叫。有那么几秒钟,大家好像都怕沾了血腥似的掸了掸衣服,揪着衣角。他的整个身体费劲地蠕动了几下,旁边的男孩就近伸出了手,蹲下扶起他的上半身,他苍白的脸翻转过来,额头被戗了一层皮,渗出一大片暗红色的血迹。其他几双手,把他扶到座位上,两边的人不约而同地欠了欠屁股,给他留出了一个更宽松的空间,出于同情,似乎又怕沾上什么晦气似的。中年男人微弱地朝周围点了点头,额上大颗的汗珠滴下来,他可能连擦的力气都没有,就任它们在那儿悬挂着,等待重力把它们带走,等待微风把它们吹散。

车厢里的眼神从所有方向射向他,好像眼神都会说话一样,窃窃私私,焦急地期待他精神好转,期待他说"我很好"。终于一位老阿姨忍不住开口了,会不会是低血糖? 回家检查一下身体吧! 随着地铁车厢交界处的哐当声,和进站的推挤、拥塞,关心与问候就湮没在挤进来的人群、塞进来堆在走道的行李、垂挂在耳朵上的耳机中。

他摆了摆手,眼睛都没睁一下。这个动作是叶诤猜想的,因为缝隙被乘客堵得严严实实,已经看不到他了。

列车提示人民广场到了。叶诤从松动的人墙中间找到一个缝隙朝他看了一眼,他还没有回过神来,眼睛依然闭着,两缕被汗濡湿的头发搭在前额上,像一块陈旧发霉变色的抹布条。从沙丁鱼罐头一样的人肉地铁上挤出来,他觉得自己仿佛被那个中年男人感染了疾病,好像摔倒在车厢里的人是他,喘不上气来,胸闷、恶心,干呕了两口,头重脚轻出了一身虚汗,坐在站台的长椅上躺了足足有十五分钟,直到于佳的电话打进来,他才勉强按着膝盖站起来。

于佳问,怎么还没到家?在哪?

在地铁站。

听说你们要十年聚会了。

听谁说的?

那你别管,你去不去?

不去。

为什么?

没多大意思。

于佳立刻提高了嗓门,管他有意思没意思呢……

叶诤说,地铁里太乱,听不清楚,回家再说。

于佳在经营一家植物馆,主营多肉植物,其他的项目就跟普通花店一样,

■ 集散地

■ 148

已经开了好几年了,线上线下都在经营,生意不温不火,略有盈余。谈到生意好坏的时候,于佳总会说,钱不钱的不重要,重要的是生活。不过每次说这话,她的底气是不一样的,如果是对年纪比较小的朋友她往往底气十足,声调活泼,手上的动作也多,如果跟年纪比自己大的人说这话,她明显像瘪了气的足球,生怕他们追根究底。植物馆开在郊区的舅舅家,舅舅60多岁了,一辈子单身,有房有地,于佳能照顾舅舅,还能就近培植花草,还省了一大笔租赁费。于佳几乎每天都去,有订单就发货,有时候也有一些发烧友赶过来参观和购买。近几年,多肉植物的需求越来越多,买新房子可以用它们吸收甲醛,白领办公室靠它们防辐射,再加上它们长相肉嘟嘟很可爱,跟笑口常开的弥勒佛似的,看着就舒心。于佳一直试图联系上多肉植物进医院这样的生意,可惜都被拒绝了,医院还是更相信医术能治病。家里阳台上、厕所、餐桌上都摆了一些植物,都是迷你型的,有玉露、耳坠草、观音莲、碰碰香,也有最大路货的仙人掌、吊兰,这些叶铮都喜欢,可能主要是心理原因,他的确感觉房间里的空气比外面好。

叶铮进门说了一声"我回来了",直接回到房间换衣服,一边换衣服,一边想着怎么跟于佳说同学聚会的事,还有几秒钟他想到了那个摔倒在车厢的中年男人,真惨!他感到胃部一阵痉挛,大概是回来得晚,饿的时间有点长,胃在闹情绪。于佳没去过那个城市,十年里听叶铮说了无数次的西安,就像积攒了很多点数,想一次消费掉。聚会的事他本来没打算让于佳知道,可是她用了叶铮的QQ号,她可能是无意间自动登录的,也可能是有意去寻找点什么,不过这些都不能细究。

叶峥不知道怎么婉拒她,于佳是那种逆反心很强的人,热切地邀请她去,可能她懒得去,一说不让她去,肯定是黏胶上身脱不下来。他始终拿不准该不该向于佳提及任柳,不说的话总归不诚实,万一被其他同学说点沾边的,被她猜到就是无事生非了,真说又没什么好说的。

于佳今年的计划里有出去玩的打算,国内国外都行。一旦有了这个念头,好像偶尔的不愉快、闹情绪都会牵引到这上面来,要是出去散散心大概就不会这样吧,她一向都是这么自我暗示的。跟叶峥商量了好几次请年假的事,叶峥都说没时间,根本原因是他懒得动,出去玩不就是舟车劳顿吗?能有什么意思!还不如在家打游戏。于佳完全可以一个人出去,可以像背包客一样天南海北,可是她自从结婚那一天开始,就患上强迫症似的,什么事都要跟叶峥掺和在一起,两个人黏在一起才会更舒服。两个人一起出去玩,好像变成两只撒欢的狗,到处撒尿,给世界留下自己的气味,这让于佳生出无数兴奋的火花。

于佳不止一次跟叶峥说,我这种没有故乡的人就最爱看古城了,有历史感。

叶峥故意打击她似的,不要乱攀附,历史跟你有什么关系?

于佳怨愤地说,好,你就这么斩断我的根吧,我是从石头缝里蹦出来的?

叶峥就回她一句,咱都是从石头缝里蹦出来的。不过那里有我的历史倒是真的。

所以我才想去嘛。于佳不知什么时候已经站在身后了,到底去不去?

叶峥说,我再想想。

真搞不懂你,这么点小事,还要考虑。不想让我去?

■ 集散地

怎么会呢!

叶诤其实想云淡风轻地把任柳的事儿捎带一下,跟于佳交代几句,然后打消她去的念头,每次话到嘴边,就岔开了。稀稀落落地聊了好几天,叶诤还是没说去不去,于佳少不了揶揄一下,一个大男人这么点小事婆婆妈妈这么久。

叶诤又一次不合时宜地想起那个摔倒在车厢的中年男人,他可能得了绝症,只是还没确诊。如果一个人得了绝症,会不会去参加马上到来的同学聚会?隐瞒病情最后一次热情地去跟大家告别,然后取消自己的所有联系方式,默默离开;或者告诉大家自己的病情,享受一次人之将死其言也善?胡思乱想很折磨人,以致叶诤总怀疑自己的胃得了什么大病,虽然诊断书明明白白就写着:轻度胃炎。叶诤像个心理医生似的跟自己说,需要改变一下目前的生活状态,去的念头活脱脱蹦出来,片刻耽误不得似的。

他转过脸跟于佳说,一起去吧!

于佳回他两个字:爽气。

生活就是这样,一旦确立一个目标,哪怕是短暂的,也会制造出改天换地的热情,还有等待目标实现前的紧张感。两个人把时间和气氛都调到预备出门的旅游频道。忙忙碌碌地网上订票、订宾馆、查询西安天气、浏览大众点评上各种好吃好玩的,于佳的兴奋感更多,那儿对她来说是一个古城新世界。

起飞的时候,系好安全带,看着隔壁的于佳动手动脚翻找随身携带的面膜,叶诤手心里攥出了汗珠,真要在大庭广众之下贴上鬼脸啊?又不是头等舱!别搞了,喷点水凑合凑合吧。于佳白了他一眼,你懂什么?机舱里皮肤最需要补水了。她继续手上的动作,撕开纸盒子,叶诤拉住于佳的手,毕业后见过前男友吗?

敏感话题的确有立竿见影的效果,于佳停下手上的动作,拉上包包的拉链。问这个干吗?发神经啊!

有点紧张,可能会见到以前的女朋友。

于佳庆幸自己跟来了,她边翻航空杂志边问,不是说过学校里没女朋友吗?

是这样啊,说来话长,一下子说不清楚,不是严格意义上的女朋友,你先别生气。

飞机拔地向高空冲刺,于佳看了看被快速抛弃在脚底下的高楼和人群,像从一大堆棉衣棉裤中抽离到凉爽的夏天,耳膜被震荡地有点疼,头微微晕眩,她倚在叶诤的右肩上。

非严格意义上的女友是谁呀?

一个外班的女生,照片上没有她,现在留校任教,我也是昨天才知道她参与我们班聚会的,聚会流程上有她的名字。本着诚实的原则,我给你坦白,确切地说我们俩就是暧昧了一段,没谈过,我不喜欢她那个类型的女生。

什么类型?具体说说呗。

特别有主意,在男生堆里混得开。

她现在?

应该结婚了,没打探过。

怎么暧昧的?

她上课的时候经常坐我旁边,差不多有半年的时间,什么也不说,就坐那里。她专业课水平很差,应该是那种会挂科的,她有问题总问我,基本上是我给她辅导专业课,才让她顺利毕业的。

于佳面无表情,看不出高兴还是失望,她接着说,怎么进展的?

没进展啊,就这样,后来她送给我一盆仙人掌,托宿舍的人给我的。

仙人掌?口味真怪,送这个干吗?你收了?

嗯,正好放在电脑旁边,防辐射嘛,后来也没照顾好,就死了。

就这些?没下文了?

叶诤庄重地点了点头。

这就证明人家爱过你?你会不会想太多了?

不是啦,我能感觉到她对我的意思,看我的眼神什么的,不过我确实不喜欢她,不然肯定在一起了。

你心里想过跟她在一起这事?

想过,毕业那段日子,她约我出去旅行,我去了。

于佳从蜷缩着的座位上坐直了,住一起了?

没有,分开住的,晚上她来我房间玩,两个青年男女坐了半天什么事也没发生,我就知道一点戏也没有。回去后,就再也没联系。如果要是能发生点什么,早发生了,不至于等到现在。

哎,怎么不早跟我说呢?

说什么呢?没啥好说的,又没在一起过。

她叫什么名字?

任柳。

于佳一听到这个名字,就觉得眼前一身风吹柳摆,名字不错,应该是一副娇弱的江南女子的模样,才和名字相衬。长得漂亮吗?叶净说,一般。于佳说,没说实话吧?叶净说,不信晚上你自己看。

叶净并没有把跟任柳的事情和盘托出。但说是一种态度,说多少是他的自由,没有人能控制。现在说是事前请示,于佳也不是那种斤斤计较的女孩,不过她最讨厌隐瞒,什么事情只要不欺瞒,在她那里就有通融的余地。一旦经过别人嘴巴知道,就成了事后交代了,性质不同,结果必然不同。叶净往女生追求不遂上扯,希望最大程度上淡化于佳对这件事的心理感受。目测于佳在飞机上听完这个有头无尾的故事,喝了空姐递过来的咖啡,居然还能打起瞌睡,叶净的心跳恢复到正常值,缩了脖子安稳地进入梦乡。

聚会活动的大幕拉起来之后,叶净先给大家介绍了于佳,于佳给每一位行了注目礼,然后识趣地躲到活动室门口的大阳台上一个人坐着。于佳隐约能听到里面的人热烈地怀旧,她觉得自己的耳朵格外敏锐,仔细地分辨着叶净的声音,而他好像一直没有进入到有效的声音区。

怀旧折腾了接近两个小时任柳才出现,于佳的神经也紧张起来。任柳跟于佳想象的有点差距,不是那种身姿飘摇的妖冶派,而是森系的文艺穿着,跟高校教师的身份很搭配,脸色有点苍白,身材高挑单薄,但说话很嗲,说话之前有一个习惯性的蹙眉。她很郑重地向大家问候了一下,然后简单介绍了晚上以及明后天的活动计划,这些于佳都在毕业聚会流程单上看到了。任柳一副东道主的样子,看样子她是受校方委托,负责操持了许多联络活动。于佳一直盯着任柳的眼睛,任柳的眼神几乎没有扫到过叶净,叶净也没任何异样表现,

■ 集散地

不过有几个人的心情能摆到台面上呢?

  任柳交代了一下活动安排。叶诤跟于佳的私人安排跟集体活动并行不悖,于佳第一天跟着叶诤参观校园,于佳称之为怀旧之旅,致青春,晚上全体晚宴,在附近包了一个大厅。第二天、第三天分头行动,于佳自由行,叶诤和同学按照聚会行程走:第二天上午回体育场参加一次羽毛球比赛,按照在校时期的样子,全班重新打一次友谊赛;下午看一场电影。第三天上午参观古建筑一条街,据说是前几届的一个师兄发达了,买下了一条街,所有类型的古建筑都被复制到这条街上,是做仿古建筑的学生比较喜欢的地方;下午郊区农家乐吃羊肉。叶诤不由得感叹任柳做事得当,精神与物质,专业与娱乐,怀旧与未来,各个方面都考虑到了。

  原来的班级辅导员、现已升任党支部书记的韩阳老师已经落座恭候了,他感性地慰问了一下远道而来的大家,表达了对纷飞到天南海北的学子们的欢迎和祝福。十年了,他初现老态,但他心态绝对扎实紧密,没有叫一个人的名字,当然是因为他一个也记不住了,但他的话还是偎贴人心,连于佳都觉得这个老师太会说话了,明知道是虚话,还把人心暖得起了温度。韩阳最后代表大家感谢了一下任柳的操劳,他说任柳做了大量的后勤工作,行程安排、纪念礼品的设计等都是她一手操办的。韩阳自然地把手搭在任柳的肩上,她穿的是露肩小礼服,任柳很配合地跟韩阳对视一眼。男生们居然发出哇哇的叫声,再亲密一点,还闪出好几台相机对着他们拍。韩阳应景地搂住任柳,任柳也往韩阳身上靠了一下,头靠在韩阳肩。韩阳随后收起应承大家的笑容,客气地跟大家告别,最后还特地嘱托任柳留下好好照顾大家。任柳一向都是大方得体的。

叶诤一口气把杯中的橙汁喝光,膀胱瞬间有了鼓胀感,他从洗手间回来时,韩阳已经走了。

或许是韩阳的一席话起了作用,更有可能是韩阳走了,大家不再拘束,接下来的喝酒吃饭,男人们喊出了不醉不归的口号,车轮大战一样,整个大包间变成了跑马场,一拨去一拨又来,男生敬女生,女生敬男生,再往下还有同桌、同宿舍、好友,还有旧情人。这些都是叶诤趴在于佳的耳朵上说的,因为叶诤有点胃炎,酒是一滴不敢喝,不喝酒的叶诤拿着果汁出去敬了一圈,不过没遇上任柳,他过去任柳那桌的时候,她跟另外一个女生移到阳台上小声交谈着什么,叶诤看到她们的神情很严肃,大概是业务上的事情。

敬酒的狂潮中,任柳也隔着桌子跟叶诤示意了一下,但她有没有看自己,叶诤无法确定。拼酒的热闹过去后,桌面上开始流行交换手机看照片,晒孩子晒老婆,叶诤老婆就摆在这里,孩子没有,还是没法玩。于佳一个局外人,人家也不好和你玩得太认真,爱喝不喝。叶诤非常确定自己扫视过几次任柳,都是在趁她侧脸或者背面朝他的时候,好像不认识了一样。她卸去了娃娃脸,下巴尖了有了立体感,更有女人的味道,如果于佳不来,她应该会过来碰个杯,然后会不会发生点什么?把玩这个假设的时候,叶诤抿一口果汁,对着于佳笑,于佳会意地喝一口,参与不到大队人马的游戏里,多少有点落寞,聚会变成了两个人的自娱自乐。隔着一张桌子,叶诤也能听到任柳跟其他人说笑,他们说任柳是贵妇,傍大款了。又有人出来维护她,任柳自己就是富婆加专家,是大款傍她吧。任柳笑得很开心,不过她的笑声始终被更洪亮的、更多人的笑声压下去。

叶诤看到班上好几对分手的恋人,不计前嫌地喝酒,没来的自然是不能和平共处的。不过让叶诤失望的是,好像大家都忘记了他和任柳之间若有若无的爱情,没任何人暗示过这事,叶诤甚至希望大家能开个玩笑也好,结果就是没有。于佳在他身边的时候,大家可能在为他着想,但于佳去洗手间、打电话的时候,依然没人提这茬。他撇下于佳,跟当年同宿舍的哥们挤到一张桌子上,他故意当着大家的面提班长丁玉当年追求隔壁班的女生被当面拒绝的事,八个男人好像一下子被点中了笑穴,前仰后合。

　　丁玉,你当年怎么那么逊啊,那么个女人都搞不定。

　　丁玉,你怎么会想到让电台播情书的?多丢人啊?

　　那女的也太无聊了,不同意就算了,至于到我们班当众宣布吗?

　　丁玉本人倒是没那么多懊悔,他娴熟地给每个人敬酒,一律用从嗓子底部发出来的哈哈哈哈的中年男人的笑声来抵御每一个问题。击鼓传花似的,其他几个人的糗事、绯闻故事也被揪出来了,可是叶诤的事始终没有人提,叶诤还有意地提到了任柳的名字,他问对面的王昌平,你是不是喜欢过她?王昌平回敬他,你才喜欢她呢。不过他的手机响了,快速地闪到门外面接电话,十分钟后回来,已经转了频道,歪到一边,跟丁玉聊在杭州的项目了。

　　可能,这事他们的确忘记了。叶诤从这桌撤到于佳身边。

　　记得这事的只有根本没有一同度过那五年的于佳了。可能于佳太无聊了,挑衅似的怂恿叶诤去跟任柳说几句话。不过,叶诤一本正经地拒绝了,嗨,别胡闹了,你不来我也不去找她说话的,没话找话,多尴尬呀。

　　于佳似信非信地点点头,嗯,你俩没戏,你属于我。叶诤说我现在要开吃,不吃可惜了,大口吃了几口菜,算是回应于佳的调笑。于佳一顿饭下来跟旁边的本城家属熟络起来,忙着探讨明天该去哪里,怎么去,哪里有好吃好玩的。她比叶诤更不属于这里。

吃喝这么平常的事儿一摊到场面上,就拉长了战线,耗尽人的精神气,跟颇受欢迎的表演似的,迟迟谢不了幕,到 11 点钟热情的火苗还一簇一簇往上冒,要不是丁玉受到酒店打烊的压力,估计连明天的早餐都能一起进行。丁玉站到椅子上,拿起两个铁碗对着一敲,那种一堆人窝在一起的乌央乌央声才停下了。丁玉喊了一声,停! 转场去唱歌。本城的几个女车主都没喝酒,自己凑对子去,一个都不许落下。跟红军过草地似的,歪歪倒倒的一群人互相搀扶着穿过漫长的走廊,挤到电梯里。一次装不下,超重了,吐出一个,迎来一片笑声,还有趁机呕吐的声音。

叶诤、于佳和另外两个女生上了任柳的车,任柳在那站着,迎头碰上的,拒绝的话有点刻意,于佳没事人一样先坐进去了,叶诤随行就市,坐进任柳的红色宝马。名车味道的确不一样,叶诤贪婪地四处看看。于佳忍不住说,这车真不错,豪车! 任柳说,做总工以后,天天出去见客户,人家都笑话我原来那辆车太不上档次,开出去见客户对工作不利,老公新买给我的。叶诤这种开着外地牌照大众的人没法接话。任柳接着说,这也就凑合开吧,现在有钱人太他妈多了,满大街都是跑车。你工作怎么样? 叶诤说,就普普通通呀。不过叶诤补了一句,我现在投资副业,开了个网店,生意还不错,我老婆在做。两个女生一听网店就讨论网店的进货渠道,代购名牌、海淘、外贸内销的问题。于佳想如果告诉她们自己的网站就是卖一堆多肉植物和蕨类植物,会不会太扫兴? 但不回答好像也说不过去,她说自己是卖盆栽植物的,果然众人的温度迅速降到零度。

到了卡拉OK外面,卸下这几位,任柳折回去继续运人。两个女生拉手到预订房间去,叶诤说在外面吸支烟,呼吸下新鲜空气。于佳随着叶诤沿着大路向前走了五分钟,往后一看,陆续下来了几车同学,有的在吸烟,有的在闲聊,有的直接上去,他们喝醉了之后说话的声音很大,远远地还能听到。叶诤掐灭了烟说,不回去了,乌烟瘴气的,一会唱起来鬼哭狼嚎的。于佳说,你受刺激了?啊哟,她们能刺激得到我什么呀?一帮俗人。于佳说,这口气明显是不高兴了,还不承认?

叶诤好久没这样在黑夜的城市里走走了。叶诤想起小时候老家那里,为了城市供电,乡村是限电的,经常啪一声就停电了,每次停电,叶诤都感觉像穿越到另一个世界。教科书上说,这叫作暗适应。12点以后的城市虽然依然灯火通明,但毕竟跟白日不同,仿佛调到了静音,治安亭上方的蓝色荧光灯闪得让人焦躁。他一脚踩到一个水洼里,另一只脚也顺势迈进去,裤子被溅了一身泥水,两只脚黏黏糊糊地碰触着皮鞋。治安亭里没人也没灯,跟缺了牙的门洞似的,只有蓝色的荧光像在看热闹,顽皮地闪来闪去,喋喋不休。叶诤本来应该是弯下腰想把鞋子里的水倒掉的,但他却拿起一块砖头,朝着荧光灯掷去,大概是用力的时候会不自觉发出一些声音,比如嗨呀、啊、噢什么的,叶诤发出的声音是,操!砖头没碰到荧光灯,不偏不倚正好砸在治安亭的窗户上。

谁啊,站住!

有人在里面,快跑。于佳甩开他的手,慢了半拍地指责刚才他扔砖头的事,到底哪根筋不对?这么发神经!叶诤只顾箍紧她的手,蹿进旁边的胡同。

前面正在修路,挖出来的泥沙耸起在路边,两个人像老鼠一样,爬上土坡,滑倒滚下去,爬起来就跑,跑得快死掉了。叶诤想起奶奶小时候给他讲过的逃生方案,如果在野外遇到蛇,一定要转着弯跑,不能走直线。叶诤拉着于佳在风里穿行,逢弯必转,叶诤估计这一趟差不多钻了得有八十一道弯。直到他们跑到一家夜宵店,LED 灯箱上打着"营业中",门前的几张桌子上趴着十来个闷头吃面的人。热气挡住了视线,看不清楚他们的脸,最边上的一桌,还横着两个空啤酒瓶,吃完羊肉串的胖子一只脚蹬在椅子上休闲地剔牙。心脏像塞满了锋利的刀子,生扎肉疼,两个人扶着膝盖大喘气,平静了足够有五分钟,于佳说,警察可能根本没在追。叶诤不置可否,他似乎还在专注于平静自己,扭头看了看,街上空无一人。他问于佳,进去吃点东西?

  叶诤和于佳一人叫了一碗油泼辣子面,吃得头上冒了汗,叶诤突然说,我们也来点啤酒,这场面多适合喝一杯啊!

  于佳说,我自己喝吧,你有胃炎,别逞强。

  那多没劲,一个人喝酒那是喝闷酒。

  于佳朝服务员那里喊了一声,来两瓶啤酒。叶诤咣当咣当干了几杯,瓶子就见底了,明天我给你当导游在城里逛逛吧,聚会那儿不去了,没意思。

  嗨,不用吧,我自己玩下就可以了,你还是去聚会吧!

  不去了,叶诤掏出手机关掉,去他妈的聚会吧。

  于佳说,发神经发过了吧,害我跟你差一点进局子不说,还这样一声不吭走掉,大家会担心你的。

  饭店是 24 小时营业,夜间客人不多,一直占着位置不走,老板也不会来赶你走,但会一直过来问,还需要点什么吗?于佳就一直叫啤酒,再来一瓶,再来一瓶。在无话可说的时候,两个人都有点茫然,不知道下一步该干吗。叶铮打开了手机,电话声也没有响起,连个短信也没有。

打车回到饭店,已经是凌晨2点。隔壁住得都是同学,他们可能已经睡了,可能根本就没回来,房间静悄悄的。他们轻轻地回到房间,一进门,叶铮拉过于佳就去脱她的衣服,于佳被这种没有心理预设和前戏的动作惹毛了,推搡着往前走,叶铮并不放弃,用蛮劲制止着她挣脱的手。倒在床上的那一瞬间,于佳大叫了一声,你干吗?拒绝激发了男人的冲劲,叶铮一只手箍牢于佳的头,生硬地塞上自己的舌头,一只手拉开皮带,裤子应景地落在地上,于佳哎哎呜呜说不出话。后半场的事情有点笑场,服务员过来敲门,叶铮猴子一样跳起来,提拉上裤子去开门。

什么事?这么晚了?

先生,不好意思,我是看你们刚上来。刚才忘记给您说了,你们班级聚会的纪念品都在大堂放着,主办的任小姐让我今晚务必交给入住的同学。

谢谢。叶铮朝里看了看,他后悔自己跟于佳提仙人掌的事了。于佳绕过叶铮,直接把包接过来,谢谢你,晚安。服务员退出去。

一个纪念水晶,一盆仙人掌。

于佳说,呵,仙人掌纪念品,口味太怪了吧?

叶铮有点不自然地附和,是呀,真不会选。

于佳说,会不会给你特备的?

叶铮拿起来指了指花盆,娇俏红色花盆顶端边缘上有一行黑色的楷体字:

98 届十年聚会留念。

窗外灯火通明,闷声闷气的汽车轰鸣声时而传进来,于佳把仙人掌放在窗台上,这个东西还真不方便带。

叶诤说,要不,放这里好了,房间里多了盆仙人掌,服务员也不会发现的,摆在电脑旁边不挺好呀,无臭无毒还防辐射。

于佳说,那不好吧?

不就是一盆仙人掌吗?没事送什么仙人掌啊!叶诤想起那个曾经脸胖嘟嘟的任柳,他的确慌乱了好几分钟,高兴、害怕、不安、安稳,他不知道哪一种情绪是真实的,好像每一种又都停留不住。他才不在乎什么仙人掌,曾经有一段时间他最想做的事,就是在她的脸上狠狠嗫一口,不过他的想象力到此为止,就像半路停电的电影屏幕,接下来的事情他一次都没幻想过。再后来,他们一起吃饭、出去玩,竟也失去了这点追求,卡壳的地方是什么?他好像一直不愿意想这个问题,任柳好像一直都是什么都有,自己什么都没有。过去是,现在还是。任柳想留校就留校,想留学就留学,她去法国交流过一年,毕业后又去过三年,她喜欢福楼拜的《包法利夫人》,里面有个叫莱昂的实习律师送给过包法利夫人一盆仙人掌示爱,任柳跟他说过这个典故。不过他从来也没认真看过这本书,有一次在书店看到,他站着翻了翻,碰巧真看到了那个章节,的确有这个事,叶诤不喜欢。他从一开始就想退缩,他见过任柳的爸爸,在很远的地方看到他被簇拥着上车,可能是那个场面让他退缩了。那年他还没法吃饱饭,等他吃饱饭,还要让自己的弟弟妹妹也吃饱,当然还有爸妈、已经结婚的姐姐,这时别人都快撑着了,追是追不上的,撤回来是对的。

■ 集散地

第二天一早,叶诤给丁玉发了短信,说后面的行程不参加了,要陪老婆到周边的几个地方走走。丁玉回了个笑脸。叶诤带着于佳从西安出发,横穿秦岭,到达汉中。壮阔平整的大地,豪爽朴实的口音,让他觉得自己爱上了这次旅行。于佳似乎不能适应当地的饮食习惯,菜太咸又多是肉食,顺带着连走马观花的旅行也提不起精神来,她不确定到底是什么招惹了自己,或者她刚出来几天,就已经有怀乡病了?她偶尔还设想一下,要是自己没参加叶诤的同学聚会就好了。

毕业后的这几年,叶诤很少想起任柳,想起的时候,也是印象模糊。她应该也偶尔会想起我吧,叶诤为这个念头居然红了脸,像喝醉了酒一样,浑身潮热。回到上海之后叶诤还真惦记了一阵大学路宾馆205房间那盆仙人掌,像握起的一只手那样一小簇,蓬在红色豁边花盆中,满满鼓鼓的,花盆上缀满了粉色的梅花,跟现在家里摆的差不多。多了一盆仙人掌,也许谁都不会那么快发现,直到它开出黄灿灿的怒放的花,服务员才会多看它一眼,心里多少有点疑惑,是什么时候多出了这么个东西?不过她还要继续去擦地、打扫、换床单,她很快就会忘记它,好像它就是桌子上的一个茶杯、一盘蚊香、一双鞋套。客人们也不会发现,宾馆不是他们的家,多的不是一双可疑的男式袜子,也不是一缕跟老婆不同长度的头发。

回家后,于佳接到了一笔不小的订单,有几天都忙得没时间回家。叶诤不经意间发现家里的那盆仙人掌不见了,他知道它被于佳送人,或者卖掉了。比起任柳和那盆仙人掌,叶诤更惦记那个一头栽倒在地铁车厢里的中年男人,差不多快一周了,他应该好起来了,无论如何希望他好好的。

在烈士陵园下车

每个人都是时间的奴隶。早上的城市动荡不安,公交车蜿蜒而去。谢嘉在桑拿房一样的车厢里有点东倒西歪,一边努力维持平衡,一边与身后浑身汗臭、贴得很近的男人保持距离,无论在哪里都得跟别的肉体保持距离。她打量着周遭的男人和女人,不知道他们多大年纪了,有什么朋友,在哪里长大的,身体是否健康,晚上会不会习惯去喝一杯,鬼才知道这些。

一

56 路公交车纵穿整个罗城,小城市的公交车就是一条蛔虫,来来回回。它并不严格按照站牌停靠,在偏远的地方,招手即停,只要你能靠自己的力量挤上去。如果你想下车,在到达之前,只要你的嗓子不干涩、黏腻,扬起嗓门喊一声,司机就会给你开门。

今天是谢嘉第一天去幼儿园上班。下车之前,她透过玻璃看到了天空:湛蓝,云彩边缘渐渐细下去,像是棉花糖的绒毛边。幼儿园的大铁门紧闭着,侧门开着,只容一个人过去,一个保安在门口逡巡,另一个负责检查证件,棕色大

■ 集散地

玻璃杯放在他的左手边,他猛喝了一口,一手拿着盖子,一手擎着均匀铺满茶垢的玻璃杯。

新来的老师?

是,上周女园长已经面试过了。

请进吧。

她有点喜欢那个女园长——清爽、干练,一个律师,开幼儿园是她的第二职业。她们第一次见面是在职介所。她背对着所有人,在阳台上打电话,是个中年女人的样子,中长的头发,只有发梢部分是黄色。她偶尔会踱步,转过身来,能看到微胖的脸,细密的雀斑,口红很烈,嘴巴快速地一张一合,是律师的语速。电话停下来的间隙,她进房间跟谢嘉打了个招呼,她略带歉意地一笑,似乎和职介所的人很熟,跟旁边的职员抱怨了句:"今年真累,打了二十起离婚官司了。"

谢嘉是上周把简历投过来的,死马当活马医,没想到这么快接到面试通知,电话沟通好在这家私人职介所见面,听工作人员的意思,好像是园长正好在附近见客户,又或者是他们是相熟的朋友。

女园长挑剔的目光把谢嘉扫了几遍。无聊地坐了好久的谢嘉顿时紧张起来。

女园长问她,你在哪里长大的?

谢嘉脑子里转了好几道弯,泰安?噢,不是。桃园?也不是。她清了清嗓子说,在寺北柴长大的。

那是个什么地方?

我奶奶家。我小时候住在奶奶家。

你在罗城有朋友吗?

有一个。

你有信仰吗?

信仰?你是说宗教?谢嘉看到园长点头,羞赧地摇摇头,我奶奶可能信佛教,我没有。

你晚上会习惯喝一杯吗?

不会,很少吧,才刚毕业,很少有机会出去喝酒。

……

谢嘉觉得不是面试,而是很随意地在中介所的露天阳台上聊天。园长说了好几个离婚案例给她听,那真是她不懂的生活,但听起来,园长干劲十足,每一个都在把握之中。谢嘉一时有点羡慕她说话的语气,把"我"咬得特别松弛,毫不费力,但又中气十足,这种声调不管她说什么,你都会不由自主地相信,不容推却。

最后园长说:"下周一来上班吧。56路车在烈士陵园下车,下车就能看见我们园的指示牌。我们提供住宿,方便老师值班照顾全托的小朋友。还有,以后你就叫我孟姐吧。"

事情这么快就解决了,没有预想中的困难。她回到跟何林的住处,简单收拾了一个手提箱,都是她想带在身边的东西。黄色的挂钩,手指形状的,熊猫图案的睡衣,这是一件遭人嘲笑的东西,食品料理机,套上白色的防尘袋,还有一本《鬼怪故事集》,她不确定是否必要,但是她经常把它塞在旅行箱里到处走。

　　无论如何这是一件令人高兴的事,她终于从幼师毕业后无处可去的尴尬中解放了。晚上她跟何林出去喝了一杯,还有好几个朋友,先前她说只有一个朋友,是因为他们都是何林的朋友。还有,她觉得一个女孩子有很多朋友好像不是什么可以大张旗鼓去说的事,她有她的谨慎。这个地方的人,都喜欢在家里喝一杯,在外面喝酒的并不多。他们开着一辆破车,沿着沂河开了好久,最后转入一家悬在河上的饭店。外面的夜景让人沉迷,波光粼粼把灯光打碎,窗户正对着河水,她看得一清二楚,偶尔会有灯火通明的游船经过,喝醉的人隔空哈哈大笑着打招呼。何林开车,一直喝苏打水,并为大家服务,负责出去买一种薄荷烟,不知道谁提议的,肯定是个女孩。他出去了好长一段时间,应该有半个小时之久,没有人看表。但是谢嘉尽可能迅速地醉了,本来指望发生一些不管这种那种,总之就是放纵的后果。等她试图有所感觉的时候,非常失望,除了喉咙像在燃烧,没有别的感觉。

　　她向对面船上的人挥舞着双手说:"你们好!"透过窗玻璃,她看到自己僵硬的肢体,黯淡的脸色。她想起从前爸爸也是这样,回到家后趴在玻璃上敲打门窗,妈妈装作没听见,这似乎是最明智的反应。他跑到街上去呕吐,大半夜在街上大声呵斥路过的人。她早上醒来,或者可能一夜只是闭着眼睛,出门后在街上的某个破旧的椅子旁边,发现满身、满脸秽物的爸爸。她不知道该怎么办,只好反身加快脚步跑回家,坐在门口等他。那天晚上,谢嘉还是在等待,等何林回来带她回家,她觉得喝酒是一件没有意思的事,把一个人限制在笼子里,留在某个地方,什么问题都解决不了。

二

幼儿园是座白色的四层独体小楼,一楼是沿街店面,出租给农用公司,主卖化肥和种子。刚才路过的时候,她看到了门框上绿色的 logo 底色和金色的名字,她只是有点怀疑,这附近也不是农业区,怎么会有农民到这里来买?当然它有可能是一个中间商。幼儿园的办公室、教室都在二楼,三楼是老师住的地方,四楼是厨房,她看到一个中年阿姨在冲奶粉,往小碟子里分配饼干。

孟园长把谢嘉交给一个叫作许力的老师,她带着谢嘉从一楼转到四楼。许力说,园里有三个年级,每个年级三个班级,每个班二十五个小朋友,大部分学生下午 4 点放学,有 10 个左右的学生全托,晚上住在学校,每周回家一次。谢嘉隔着玻璃打量了一下教室里的孩子,跟以前教过的孩子没什么差别,她非常好奇,这些孩子们来自哪里?幼儿园好像跟哪里都不接壤。从四楼的天台看出去,后面是一个庞大的烈士陵园,她曾在娱乐新闻上看到一个导演在门口接受采访,他说近期都在罗城拍摄一部革命战争片。谢嘉不知道自己这么快应允到这里工作,有没有受到这件事情的暗示,她觉得一切都说不清楚。西边是一个欧式的大型商业街,往后一公里左右是一个居民区,东边紧挨着主干道,主干道东边是私立的九年制学校。她在老家的时候,一直听说本地有钱人把孩子送到罗城读私立学校。往延伸的地方看过去是一排排的厂房,应该是轻工业,罗城是本地区的服装和小商品批发中心。这里的土壤非常特殊,适合制作成面砖,据说全国各地的地面砖都是这里生产的。南面就是市区了,远远看过去非常热闹,热闹就是一种感觉。

■ 集散地

闷热的夏季连略微走动都有点费力,谢嘉的后背湿透了,在走廊里,她轻轻撩起衣服的后襟,有一些微风荡起来。许力在前边走动的声音婆娑着敲打耳膜,许力的背影看起来很硬朗,体型匀称,头发束得高高的,垂在脖根上,走起路来左右摇晃。她回头看谢嘉一眼,好像是想说点什么,但没有说出来,谢嘉觉得是被自己的拘谨给挡回去了。

谢嘉接手的是中班,她们在门口停留了一会儿,里面的小朋友正在生活老师的指导下整理玩具区。"你以后就在这间教室上课,上午是唱歌讲故事,然后是幼儿英语,下午是智力游戏,一般都是这样安排的,每天顺序有差别,每个月和每周的课程有统筹安排,是园长跟老师们商量的。用餐的时候除了生活老师丁姐,还有罗欣会帮你的。喔,忘记给你介绍罗欣了,最后一排那个。"谢嘉看到一个圆脸的小姑娘,衣服看起来似乎脏兮兮的,头发是谢嘉小时候最讨厌的碗盖头,看起来年龄大过周围同学好多,好像知道在说她一样朝着她们看。

"小朋友们早上好,安静一下,大家欢迎新来的谢老师。"许力拉着谢嘉,她很亲热地把手搭在谢嘉肩膀上。谢嘉在长达半年的实习阶段,已经熟悉了幼儿园的工作流程,她擅长讲故事和跳舞。最初一念之本真,没有比孩子们更好交际的人群了,她喜欢被孩子们信任和依赖,站在讲台上就给了他们一个要去尊重和信任的暗示。她一直觉得应付这项工作,只要耐心。她几乎对什么事都没有足够的耐心。许力走后,她就开始了第一次正式上课,一切都很顺利,她讲的是《大红狗》的故事:"我是艾米莉·伊丽莎白,我有一只大红狗,它的名字叫克利佛。克利佛刚来我们家的时候……"

谢嘉把声音调得夸张一点,她很喜欢这只从瘦弱的小狗,一下子长大到家里都装不下的巨大的红狗,生活中有很多障碍,它还有一颗原来的心,它的能力与现实再也无法相称。孩子们模仿妈妈戴着围裙在厨房忙碌的样子,爸爸下班回家的声音,谢嘉想,幼儿老师对于孩子的世界来说,是不是就是一只大红狗呢?大红狗的世界好简单,就像绘本的世界一样,色彩鲜明,满身红色的狗占据一页纸的大部分版面,人物简单,一家三口,偶尔会有一些小伙伴,他们待的地方除了家就是学校、草坪、乡下的家,每一本都是一个暖心的故事。

谢嘉早上浏览过手机,娱乐新闻、招聘广告、店铺出租,特别真实又感觉好远啊,像在大海里游泳,近的是商业街上传来的开业爆竹声和许力的声音。

"罗欣……"许力的高嗓门响起来,"帮谢老师分饭给小朋友。"许力帮着丁姐把餐车推到门口,谢嘉迎过去接过来。

许力说:"我明天就要离职了,今天带你一下。"她很小心地把码成一字形的空碗盛满汤,放在蛋黄颜色的托盘里,依次排上一碗米饭、肉和两碟蔬菜。罗欣从餐车上取了水果放到小朋友旁边,她一边分一边数数。有小朋友对她说"谢谢",她咧嘴一笑,露出一个空洞,她已经掉了两颗门牙。分完水果,她才坐到靠边的位置等着发饭。谢嘉帮着把饭端到每个小朋友面前,他们轻声轻气地说"谢谢",有个男孩拍拍她的腿问她,你叫什么名字?她说"嘉嘉",然后给他一个鬼脸,他咦的一声笑起来,嘉嘉老师!他们很自然地"传染"了这个声音,谢嘉轻抚一下晃动的孩子们的头,让他们专心吃饭。

谢嘉工作的顺利解决,背后有许力着急离开的原因,她想了想那天应聘的情形,园长真是个淡定的人,没有提过一句幼儿园的情况,她俩只是像两个偶

■ 集散地

遇的朋友,有一搭无一搭地聊一些生活话题,好像没有什么是需要严肃对待的。就像谢嘉现在的生活,可能最近天气太热了,她都来不及整理,她的事情,别人的事情,似乎也真是没什么可值得认真对待的。

"谢老师……"

许力在门口叫了一声,谢嘉走过去,许力打开教室的门,靠在走廊的墙上,"罗欣……她是被家长丢在这里的,按年龄她该读小学二年级了。"

"很久以前的事儿吗?"

"两年了吧。罗欣爸爸,一个中年男人,穿着灰色夹克,带着她来报名托班,是我面试的,问了几个问题。问他住在哪里。他说在商业街后面的平房里。我知道那一带有很多民房出租。他说自己在包装厂上班。他骑着一辆自行车来的,带着孩子的衣服和被褥。我问,刚开始就全托吗?他说不用,晚上他老婆会来接,还留了电话,预交了半年的学费和托费。当天放学,是孩子的妈妈来接的,我记得罗欣妈妈的样子,不是很漂亮,但说得过去,化了妆。她没有问我孩子第一天生活的情况,一般妈妈都会问一下的。他们陆续接送了一个多月,早上是男人,晚上是女人。最后一天,是男人来接的,他说以后想改成全托,夫妻两个太忙了。他说带她出去吃个饭,一个小时后送回来了。那天,我一直看着他的背影。夏天,穿那样的外套应该很热。就这样,他们再也没有来接过罗欣。谁都没想到会变成这样,那个男人当着我的面说,以后每个星期都会带她去吃个大餐,其实就是一份意大利面和一份抹茶冰沙。舐犊情深,这种人的心思啊,真是完全看不懂。"

谢嘉倾着身子,探进头去看了看,罗欣像一个小大人一样,帮助吃完了第一碗饭的小朋友又盛了一碗,然后把不小心掉到地上的筷子换了一副干净的。做完这些,她坐在原来的位置上,用左手的大拇指指甲在右手的指甲上来回画圈。许力看着谢嘉,谢嘉感觉到了,虽然刚认识,她觉得那是一种熟悉感。当然这个感觉马上就要消失了,就像升降梯里的人们,好像被围在一个家里,或许碰巧有眼神的交流,但一分钟后就散开了。

　　"你找了新的工作?"

　　"是,以后可能不做幼教了。"

　　"哦!那会想念这些孩子的吧?"

　　"哈,他们都还小,不懂事的。罗欣……麻烦你以后多照顾她一下。"

　　"我会的。"

　　谢嘉是脱口而出的,她并不知道如何照顾罗欣,她跟这里所有的人都只有一天的交情,以后会怎么样,她怎么可能知道。

　　一天的工作结束后,三个生活老师负责孩子们晚上的游戏和休息,谢嘉收拾好房间,开始洗澡,音乐放到最大,亢奋而嘈杂的音乐给人安全感,外边的所有声音都被吞没了。砰砰砰砰的敲门声响起时,她正准备睡觉。打开门,是罗欣,好像是揿了一道开关,她张开嘴巴就哭,任由眼泪顺着两颊一道道地滑下来。

　　"不哭,不哭,罗欣怎么了,告诉老师……"

　　"老师,我肚子饿。"

　　"你应该找阿姨要点吃的。"

■ 集散地

"阿姨不理我。"

肚子饿得这样凄厉地哭也真是怪事,谢嘉搜索了一下房间,只有一些坚果,对特别饥饿的人来说,好像有点不对路。罗欣止住了哭声,撕开包装,嘴巴里发出咀嚼的声响,在停下的时候,她盯着谢嘉看,谢嘉即使装作整理衣服,也能感觉到。她问:"还饿吗?"罗欣点点头。

谢嘉过去敲许力的门:"许老师,罗欣说饿了,我那里没什么吃的,我想到厨房给她拿些点心。"

"我听到了。"许力带她走到厨房间,阿姨正在找罗欣,她不满地说:"我刚才去了下洗手间,她就过来找你们。"谢嘉用微波炉加热了一杯牛奶和一份牛角面包。

"饿了就能哭得那么厉害?我第一次见到。"

"呃,你慢慢了解吧,也别对她太好了。"

"嗯?"谢嘉以为自己听错了,许力一边说晚安一边已经在开门。

罗欣丢开坚果,大口吃面包,谢嘉把牛奶递给她,她小心翼翼地尝了一口,好像是试一下温度,接着仰头就灌了一大口,嘴巴涂上一层乳白色。

"罗欣,知道爸爸妈妈去哪里了吗?"

"不知道。"

"那你的家在哪里啊?"

"记不清楚了。我家有水管,有哥哥,我爸爸弄纸箱子……"

"妈妈做什么?"

"妈妈,按摩,老师我会按摩。"罗欣一下子兴奋起来,两只手的食指、中指并拢,剩下的交叉在一起,就跑过来敲打谢嘉的腿,真有力道,可能是一天忙碌得过于疲劳了,罗欣手指所到之处,酸痛开始缓解,她突然觉得罗欣的动作太标准了。

谢嘉一时间鼻子有点酸酸的,把罗欣从腿边拉起来。罗欣就靠在沙发上继续啃那个面包,再次递给她牛奶的时候,谢嘉第一次发现罗欣空缺了两颗门牙。谢嘉模糊地记得自己是小学一年级开始掉牙的,很神圣的一件事情。小心翼翼地等待着下颚第一颗牙齿落下来,然后把自己的牙齿用力扔到房顶上。妈妈说,掉了牙齿后不要舔牙床,要把上颚落下的牙齿扔到低处去,把下颚的牙齿扔到房顶上,牙齿才会长得好看整齐。尽管她一一照做,自己的牙齿还是长得歪歪斜斜,不成样子。

谢嘉问:"罗欣,你牙齿掉的时候,扔在哪里了?"

"我忘记了,可能我吞下去了。"露出空洞的门牙,她哈哈大笑,谢嘉也笑了。

那天晚上她们说了好多话,早上醒来的时候,罗欣就在谢嘉身边酣睡,谢嘉费力地想了想,几乎不记得说过什么。从这一晚开始,罗欣拒绝回到自己的房间。园长非常不满意:"这是破坏学校纪律,托班有阿姨照看,别的家长如果听说了,会提意见的。"谢嘉也不想跟一个孩子住一房间,她跟罗欣讲了好久,罗欣才点头同意。

晚饭过后,罗欣趁阿姨不注意,又来敲门。她什么话也不说,蹲在沙发上,不肯走的意思非常明显。谢嘉就搬了一张小床放在自己的对面让罗欣睡在那里。罗欣从来不主动聊天,都是有问才答的。这样也好,谢嘉安慰自己,一来就有一个小伙伴。

除了罗欣,谢嘉觉得工作一切都顺利。结识了新的朋友和同事,比如园长,她经常陪留宿的老师吃晚饭,四楼的天台布置了餐桌,大家边吃边聊天,还能乘凉。许力虽然离职了,几乎每天中午都会过来看看她适应的状况,一起散散步,聊聊班上的小朋友,当然她们每个人都跟她说过罗欣。陵园附近的绿化充足,空气新鲜,午休时间出来散步,松柏苍翠,静谧而安详,还会有沉醉的错觉。周末她去买了两条新裙子,做了一个新的发型,理发店的发型师一直夸谢嘉是个漂亮的女孩,漂亮的女孩会有好运气吧!

三

何林似乎早有准备,很镇静地说:"有事情路过这里,就顺便停下,过来看看,没想到路上遇见你。"

幼儿园因维修水管放假,人去楼空,只剩下谢嘉和罗欣两个人,空落落的。离吃饭时间尚有一段时辰,谢嘉就想出去走走,罗欣自然地跟在她后边。谢嘉就把罗欣拉出来说,问何叔叔好,罗欣遵照指示问好。何林就提议一起在附近走走,陵园门口是一个宽阔的广场,刚下了一场雨,地面上还有淤积的小水汪,不远处有一对打羽毛球的情侣,边打边嬉闹,咯咯的笑声一阵一阵。何林问谢嘉怎么最近都不打电话。谢嘉说,没什么事情,就想不起来打。有许多时间是沉默的,三个人在广场的一张长椅子上坐着,谢嘉觉得这个场景很熟悉,记忆中爸爸妈妈与她也曾经这样坐在某个公园的长椅上⋯⋯

何林逗罗欣说话,叫什么名字呀,爸爸妈妈呢,怎么不来接你回家?罗欣瓮声瓮气地回答,似乎类似的问题遇到的太多了,有点不情愿地重复了一次给谢嘉的回答,然后就跑出几步远,蹲在花坛沿上看人打羽毛球。

谢嘉说:"听以前的老师说,罗欣是被后妈抛弃在幼儿园的,父母离婚了,爸爸进了监狱,亲妈都不知道去哪里了,挺可怜的。"

何林说:"那以后真是个麻烦。"

"是啊,我们园长也很头疼,这种小城市,连个孤儿院都没有。你也不敢送孤儿院啊,怕她家长来要人,据说她爸爸是黑社会的,不好惹,万一来找你要人,会非常麻烦。"

三个人一起吃晚饭。罗欣一个人吭哧吭哧地剥虾。

谢嘉跟何林聊到上次喝酒的事,她说:"我觉得特别丢脸。"

何林说:"你想多了,不就是喝醉嘛,我觉得喝醉了酒很可爱啊。"

谢嘉说:"可是喝醉了什么事情都解决不了。"

"你有什么事情需要解决?"

"唉!罗欣这种事情都解决不了。"

"你就是个老师,那是园长的事儿。"

"我自己的事儿,也解决不了。"

"你想要干吗?"

"就是不知道要干吗!"

一切都是停滞的,空气里都是发酵的味道。

罗欣搭着两个人的手蹦蹦跳跳地往回走。幼儿园门口那一段的路灯因为前一段时间的暴雨而损坏了,路上黑黢黢的,可能因为刚才的聊天有点不愉快,何林紧紧地牵住谢嘉的手,谢嘉没有拒绝,何林一直送到门口。何林在谢嘉转身进门的时候,俯身小声说:"我爱你。"谢嘉心里一阵暖意:"我也爱你。"黑夜里什么也看不见,她拉着罗欣就进去了。

爱情来的时候一点都没有狂风暴雨的力度,似乎是不明就里地走上正道了,经过一些简单的男女交往的步骤,他们在一起两年多了。何林早毕业一年,先在广告公司做了半年设计,后来就辞职在家,他爸爸妈妈在这里经商,每天忙得不可开交,有时候需要他搭把手。谢嘉毕业需要找工作时,很自然地选择了何林所在的罗城,住在何林家。过了一段两个人整天在家无所事事的生活,找一帮朋友来家里打牌、唱歌,扰民到邻居报警,便驱车到乡下去烧烤,他们甚至还计划组团去周边没有开发的大山里探险,只不过被一些琐事推迟了,无限延宕,没有排上日程。

妈妈打电话总是提问起何林,像侦探一样督促着谢嘉把何林的年龄、家庭、父母、卫生习惯等调查报告给她,家庭收入、父母身体状况、房屋和门面也都掌握到了。妈妈还专门来过一趟罗城,与何林的父母见面吃饭。她喜欢交代历史,我们谢嘉从小跟我一起长大,没有享受父爱,何林啊,你要照顾好她。妈妈从来不看谢嘉的表情,也不会观察何林父母的脸色。谢嘉最不能忍受母亲的突然转变,小时候她记忆最深刻的就是妈妈说,男人靠不住,你要靠自己,找不到合适的不要结婚。她刚一毕业,妈妈就像变了一个人。

谢嘉有一次问妈妈:"你怎么改变了对婚姻的看法?"

妈妈说:"没有。我的想法适合我自己,并不一定适合你。"

谢嘉说:"我不想做五金店的老板娘。"

妈妈打断她说:"店里有点脏,但钱又不脏。"

"你说话真难听。"

"唱歌好听,但没用啊!得能养活自己才可以挑剔。像我一样,我们全镇人民冬天穿的棉拖鞋都是从我这里出去的。我创造了价值。"

谢嘉说:"我还没找到想做的事,我想再试试弹钢琴,或者画画。"

妈妈说:"你本来就会啊?"

谢嘉说:"只会一点啊。我想做得更好一点。"

妈妈说:"早知道应该送你去学艺术,可是你又吃不了苦,坚持不下去……"还有一句话,如果不是她看到谢嘉脸色难看,还是会说出来的,每一次谈到年少时期的艺术学习,她都会提到:老师说过的,你可能不适合走这条路。

谢嘉想过到南方去,就像那几个渺无踪迹的朋友一样,他们说去闯荡了。但她不知道去干什么。成绩一般,可以选择的出路有限,她喜欢音乐,但只会弹几首简单的曲子,学了三年画,也没有多少长进。学了幼教专业,也不过是妈妈的想法,觉得她单纯没有心机,跟孩子们在一起可能更融洽。当然她也没有反抗,她不知道除了幼教,还能报什么专业。对外贸易她不喜欢,金融、财会等等,她说起来都有点害怕,毕业以后都是跟钱直接打交道。周围的同龄人都出去打工了,并没有人叫她一起去,他们都知道谢嘉是不用打工的,她完全不需要,妈妈那么能干,怎么会舍得让她吃苦!

何林的父母也三番五次暗示想要他们考虑结婚的事情,何林和谢嘉一起跟他们岔开话题,我们都才刚毕业而已,结什么婚呀!

何林父母有好久不提此事了,何林自己来提,我们明年干什么?谢嘉每一

■ 集散地

次都回答不知道。何林还会继续问,那后年呢？生活里的选项真少。

谢嘉住到幼儿园后,这些选项就远了一点。园长严格要求过,不能带男朋友在幼儿园过夜。据说,以前有一个女老师带男朋友住在幼儿园的宿舍里,做事的声音太大,被起来小便的小朋友听到,回家跟家长聊天提到了,家长很光火,找到园长要退学。何林有几次要求在这里住下,谢嘉都坚决拒绝,只有一次放假例外,幼儿园只剩下谢嘉、罗欣和保安,何林住了一晚。罗欣在,三个人玩得很开心,罗欣要玩躲猫猫,他们在整个楼上跑来跑去；何林没什么特长,做饭倒是有点天分,拼尽力气煮了一锅罗宋汤,泡饭吃,三个人吃得干干净净；晚上三人共居一室,罗欣体力消耗大,早早就睡着了,两个人各种心理障碍,稀里糊涂就睡过去了。

谢嘉在楼梯口的栏杆上斜倚着休息。楼梯口旁边是老师休息间,里边传出很几个人说笑的声音,好像还有罗欣,声音明显是压低的。

……罗欣,那个男生经常来吗？是吧。

……那他有没有住到里面？住了呀。

谢嘉快步冲进去,休息室里立刻安静了,大家若无其事的样子。谢嘉也只能压着火,总不能自己大张旗鼓。中午,谢嘉打电话把幼儿园的事告诉了何林。何林不以为然地笑了,那有什么呀,不就住过一次嘛,放假期间,也是保护女生的安全。谢嘉挂断电话,就去找罗欣。一路上,她都在琢磨该如何开口。找了一圈,没有发现她的人影。突然想起今天是周一,园长在,办公室里也有说话声,走到门口,她就看到罗欣在园长面前站着。

孟姐的眼睛意味深长地盯着谢嘉。谢嘉心里一紧,不知道园长会怎么处理她,是开除还是批评?她觉得哪一项都不想挨上。谢嘉说:"孟姐,我错了,你原谅我这一次吧。"园长脸色很不好看:"注意点影响。纪律就应该遵守。"

晚上,罗欣推门进房间的时候,谢嘉连眼皮都不想抬。谢嘉想过100种方案,找个借口把她支出去,怎么也不能忍受罗欣继续待在自己身边。罗欣这次是主动走的,她收拾了一下自己的衣服回到隔壁的房间,谢嘉反而有点内疚。这件事,说不定罗欣也不是故意的。

谢嘉开始自己享有一个房间,先是彻底打扫了一遍,然后买了束鲜花,整理了一下午,像驱除了一次瘟疫。自此之后,她略微明白了许力的那句话,"不用对她太好"。其实仔细想想,谢嘉觉得自己也没有对罗欣多好,她并不知道怎么对别人好。

何林还是经常来幼儿园找谢嘉,生意不多的时候,一待就半天,但绝对不会在这里过夜,放学立刻回家。

何林还是一样愿意跟罗欣逗着玩。

何林跟谢嘉说:"我一大男人不能跟一个不懂事的小孩子生气,她肯定不是故意的。"

谢嘉说:"你愿意怎样就怎样,我是再也不想理她了。"

"你是不是害怕她成为负担?"

"呃!我又不是她的父母。"

"你是她的老师呀。"

"我又不是园长。"

"你觉得园长会负责到什么时候?"

■ 集散地

"不知道,幼儿园又不是慈善机构。"
"可是总归得有人对她负责呀!"
……

放学后的这段时间,天还没黑,老师们忙着整理教室,准备第二天的课堂用具。何林带着罗欣在院子里给花草浇水,他用花洒喷向罗欣,罗欣笑得咯咯响,头发湿漉漉的。谢嘉打开窗户喊:"不要喷她头发,万一感冒了,你来照顾她吗?"何林说:"知道啦,知道啦,一会上去给她冲个热水澡。"谢嘉想起爸爸被带走那天,他耷拉着头,胡子和头发黏在皮肤上也是湿漉漉的,两个警察拉扯着他走出家门。人群跟着爸爸蠕动,把谢嘉挤在外面,除了在门口那一眼,她根本看不到他的眼睛。一个妇女拿着纳鞋底的针不管不顾地扑上来扎他,有人扔烂菜叶,菜叶挂在父亲的脑门上呼扇呼扇地远去;还有人跑上去,扔一个鸡蛋在他头上,蛋黄黏在菜叶上,像五彩涂鸦。谢嘉很羡慕罗欣,没心没肺,她从来没有这么快乐过,就算她被带离那个家,被妈妈无限宠爱,她也没这么快乐过,或者小时候有过,她忘记了。

有几天,谢嘉心不在焉,上课的时候脚踏琴怎么都跟不上节拍,中午吃饭的时候居然没有发现班上两个小朋友打架,一个把另一个的脸抓出了一道血印。下午放学,迎来一场战争,受伤孩子的家长不依不饶地要找园长评理。谢嘉道歉、解释、保证,用了好大力气才获得谅解。晚上躺在床上,门口有窸窸窣窣的声音,她知道是罗欣,整个白天,罗欣默默跟在旁边,把什么都看在眼里。她们好久都不怎么说话,就像有了默契,保持沉默。谢嘉让何林去公安局咨询过罗欣情况,光凭一个名字,基本一无所获。谢嘉觉得自己一无是处,是落在罗城的孤儿,而罗欣则像一根落在大海里的针。对比起来,谢嘉觉得自己很矫情。矫情是不快乐的源头,又不完全是。

年关将近,幼儿园组织了一场联欢晚会,员工不多,可以带家属,就像一个家庭聚会。园长表扬了谢嘉,作为一个新员工,在较短的时间内适应班级,跟家长沟通方面也形成自己的特色。稍后安排组织小朋友新年家园联谊,最大的难题是罗欣,她没有家,不会有人主动跟她联谊。最重要的是,如果她没地方去,最后就得硬性安排她跟着某个老师回家,谢嘉顿时觉得园长的表扬可能意有所指,谁都不想过年凭空添一个累赘,新老师或者跟罗欣走得近的老师可能要被安排。

万幸的是,临近放假,罗欣被一个善心的家长带回家过年。何林老早就通知谢嘉,他父母说今年让谢嘉在自己家过年,谢嘉妈妈也很高兴,让她放心在罗城过年,自己有一帮朋友一起过。谢嘉渐渐在年的气味里和何林重新恢复到以前那种无所事事的时光,何林的爸爸妈妈越到年底越忙,到客户家里催账、结算,没有一天着家。两个人都觉得过得很自在,看电视剧一看半天,下午去街上逛荡,有时候约一帮朋友来家里打牌。没有邀约的时候,两个人也一起在大白天睡觉。正是在睡觉的时候,园长的电话把谢嘉叫醒了,先互相拜年说了些吉祥话。

园长说:"嘉嘉,有件事得麻烦你。"

谢嘉说:"孟姐客气了,您说什么事吧?"

"其实也不是什么大事,罗欣不是被一个家长领回家过年了吗,今天那家长打电话给我,死活要我把罗欣领回去,看来是闯祸了。"

■ 集散地

谢嘉一听是罗欣闯祸了,心里就凉了几分,几天来的好心情灰沉起来:"园长,我在男朋友家,恐怕不方便啊。"

"嘉嘉,我都打了一圈电话了,就你在罗城,这事搁谁都挺为难的,我不是在老家嘛,要是在罗城,我谁都不想麻烦,这事闹的,我真是没办法呀。"

谢嘉觉得自己再拒绝就有点过分了,只好说:"好吧,我明天按照地址去接她回幼儿园。"

何林忍不住抱怨:"罗欣跟你像冤家一样啊,连过年都不放过你。好不容易有人收留她过年居然还敢闯祸。"

何林有事外出,谢嘉一个人乘公交车过去。谢嘉依约到达地点,老远就看到圆脸、锅盖头的罗欣,已经被同学家长领到小区门口等候了,等不及赶紧退货似的。

"小谢老师啊,对不起,大过年的,我们实在无法忍受了。罗欣……我当初也是一片好心,她可能有问题,你们老师以后要多注意她的行为。她会不会偷东西?可能是我想多了。"

"这?太不好意思了,我们没发现有过。我带回去再做处理。"

"好了,这个问题我也不方便多说。因为她跟我儿子吵架,我批评她几句,她今天拉在床上!真是跌破眼镜啊!我老婆一天到晚骂我,对不起,实在对不起。"

谢嘉知道他没有撒谎,汗津津的额头,应该是真动气了。接过家长手里的袋子,味道很大,看来衣服都没洗就硬塞里边了,谢嘉尴尬地告别,和罗欣一前一后走着,罗欣先带她去幼儿园安置。

春节期间,附近的商店和餐馆都没有营业,两个人到远点地方的超市买回米和菜。谢嘉准备饭的时候,罗欣已经把衣服洗好了,堆在脸盆里。罗欣窝在墙角玩吹泡泡,看见谢嘉她就停下来,跟着谢嘉进进出出,一句话都不说。

"罗欣,为什么惹人家生气?"

"他家妈妈骂我!"

"你先打人家儿子的吧?!"

"不是,他妈妈先骂我的。"罗欣说着露出一张欲哭的脸,谢嘉看到了,心不知道为什么硬起来。撇开她,继续忙里忙外,搬一张小床进自己的房间,检查了下厨房的炉灶。房间里并没有传来哭声,一无所有的人就应该这样坚强。

忙完了这些后,何林也赶过来了。见到罗欣,何林就有点失去气度了:"罗欣你到底怎么回事?大过年的好好在人家待着多好,折腾什么呢?你幸亏不是我家孩子,不然我今天非揍你一顿。"罗欣一声不吭,这也是她的一个特色,谢嘉亲眼看见过,园长气势汹汹地教训罗欣一上午,罗欣一句不吭,结果是园长越说越气,忍不住上去给了她一巴掌,她才哇地哭出来。园长自己也快气哭了:"你要是早哭出这声来,我也省了力气了。"谢嘉拉何林进屋里:"说这些都没用。既来之则安之吧。"

打开电视,过年的时候各种晚会特别多,气氛的喜庆,略去了罗欣带来的不快。晚上睡觉又成了大事,何林不走,谢嘉也不想他走,这么大一幢楼,她自己带罗欣没有胆量,罗欣也不走,一吃完饭就蹲在床上。

谢嘉又把小床抬进来,安置好罗欣。三个人好像没有什么话说,默默地看电视,直到罗欣睡着。谢嘉才跟何林两个人开始聊天,谈论电视剧,家长里短,

■ 集散地

聊各自的爸爸妈妈,最后说明年的打算。何林没设计什么改变,谢嘉也是,他们都觉得明年会延续一切。

但是罗欣改变了这个方向。开学的第一天,谢嘉听到罗欣跟同事们说了一件事,何林又住在幼师宿舍,并且她说何叔叔喜欢抱她,她一边说,一边笑嘻嘻地做出一种怪表情。谢嘉知道接下来可能要面临一些蜚语。这并不是多么可怕,顶一阵就过去了。

说出"辞职"两个字,她觉得浑身轻松,就像在陵园散步的那种空旷清新。同时她又无限忧伤,与某种困难的选择和生活擦肩而过。

孟姐很诧异:"为什么辞职?"

谢嘉没有回答,问她:"以后罗欣怎么办?"

孟姐说:"不知道。等她爸爸来接她吧,自己的孩子不会不要的。"

"万一等不到呢?"

"只要我的幼儿园开着,我不会把她丢大街上去的。"

"那万一不开了呢?"

"暂时没有关门的打算,唉,我都怀疑自己一直开着,是不是就是为了等她爸爸来接她啊。"孟姐尴尬地笑了笑。

"我也觉得是呢。"谢嘉附和了一句。

谢嘉一口气整理好东西,把那些她愿意随身携带的东西都塞进大行李箱里,房间一下子空荡起来。第一次,谢嘉用力紧紧抱住坐在墙角玩游戏的罗欣。

谢嘉拖着全部的行李走出幼儿园的门。身后响起罗欣凄厉的哭声,和许力走的那天晚上的哭声一样。她拉着箱子走过陵园,提醒自己应该一直往前走,不能回头。

逢年过节,谢嘉都会跟孟姐发短信或者微信,祝她一切顺利,身体健康。她们却再也没有像从前那样聊过天,毕竟离得远。她一直想问罗欣的下落,可是又很怕知道答案。